義経北へ

―純愛と悲劇の生涯―

本間蒼明

文芸社

正誤表『義経北へ―純愛と悲劇の生涯―』

このたび本文中に次のような誤りがありました。訂正してお詫び申し上げます。

ページ	行数	誤	正
27	4	いええ	いいえ
33	14	懺悔	讒言
135	9	繋がりがが	繋がりが
179・180	台詞の主	郷御前	静御前
230	9	配下にしてして	配下にして

文芸社
ISBN978-4-286-25794-5

＝はじめに＝

磯禅師（いそのぜんじ）

私は、磯禅師と申し、鎌倉初期の御代、京都にある白拍子の家元の総元締めで、源義経様の愛妾静（しずか）御前の母でございます。この物語の語り部を務めさせていただきます。

白拍子とは、以前から巫女による神事の舞として行われていたものが、平安末期頃に独立して、白拍子となったのです。当時、私の娘の静は、当代一の舞姫と言われておりました。その静が平家打倒の大功労者であった源義経様に見初められ、京都の七条富小路に家を賜り、義経様が郷（さと）姫様と結婚された後も、三人はお互いを認め合い、郷御前は静を姉のように慕っておりました。

しかし、突然思いもかけず義経様が、兄上の鎌倉殿からひどい勘気を被り、鎌倉殿が兄弟の縁を切り、追討令を出されました。義経様は郷御前と静を連れて京都を離れ、西国の九州に落ちのびようとしましたが、嵐に遭い船は難破し、出港した地に戻ってしまいました。

追われる身になった義経様は、一年ほど比叡山に隠れましたが、鎌倉殿の捕り手に厳しく探索され、義経様は吉野山で静と別れ、少数の郎党と女児を抱いた郷御前と共に、山伏姿に身を隠し、北陸道を北に逃れ、平泉の藤原秀衡殿を頼って落ちのびたのであります。

この本の見方について

1. 本の形態は、文体を、戯曲形式としました。
2. 会話に絡んで、言葉とは別に思っていた「胸中の言葉」はカッコで囲みフォントも変えて記しました。
3. 登場人物名は、吾妻鏡を参考にし、その他の人物は伝説を基にした架空の名を用いました。
4. 各章の冒頭に静御前の母親である磯禅師を語り部として用いました。

目次　義経北へ

＝第一章　郷姫の婚礼と静御前＝

磯禅師

治承四年十一月（一一八〇年）当時は平家一門の天下で、平清盛入道が四百年続いた平安京を捨て、福原遷都を強行したものの失敗し、わずか半年で都を京に戻した頃で、伊豆で源頼朝様が平家討伐の旗を掲げて挙兵された時期でもありました。

郷姫様の父上河越重頼殿は、秩父平氏の本家筋であり、秩父豪族を纏める棟梁でありました。重頼殿は、妻（比企御前）の母上が、源頼朝様の乳母（比企尼）であったことから、北条時政殿の要請を受けて源氏に味方することになり、頼朝様の有力な坂東武士の一人として、頼朝様に従い戦に出ておりました。そしてこの春久しぶりに家の子郎党を引き連れて、一緒に戦った畠山重忠殿と共に河越館に帰って来たのでありました。

当時、郷姫様は十四歳で、河越館の近くを流れる入間川の土手や、上戸にある鎮守の森・新日吉山王権現で遊び、すくすくと育っておりました。

一．郷姫の縁談

治承八年（一一八四）三月　河越家屋敷

比企御前「お帰りなされませ。ご無事での御帰還、誠におめでとうございます」

重　頼「うむ、只今鎌倉から戻った。平家との戦は大勝利で、御所様よりお褒めのお言葉を戴いた」

比企御前「それはようございました」

重　頼「それより、良い報せじゃ。郷の嫁ぎ先が決まったぞ」

比企御前「まあ、どちらの御方でございますか？」

重　頼「驚くな。御所様の御舎弟で、四年前兄弟の対面を果たし、その上あの木曽義仲を僅か一日で成敗した、源義経様である」

比企御前「まあ、義経様とは、この二月に一ノ谷の戦いで、鵯越(ひよどりごえ)の逆落として平家に大勝利したお方でございますね。それはそれは素晴らしいことでございます」

重　頼「そなたの母上で、御所様の乳母上である秩父の比企尼(ひきのあま)様が、かねてから郷の婿殿を御所様にお願いしており、この度その願いが叶ったのだ」

比企御前「母上様には、私からも会うたびにお願いしておりましたので、大変良かったです。早速郷にも知らせたいと思いますが、輿(こし)入れはいつ頃になりましょうか」

重頼　「それはまだ決まっておらぬ。ただ郷には早く知らせて、他の虫がつかぬよう、お主からも良く言ってきかせよ」
（郷は利発でおとなしそうだが芯の強い娘だ。乗馬も薙刀も上手いし、武家の娘として一通りの躾はできておる。これで我が河越家の繁栄は間違いなしじゃ）

・・・・・・・・・・・・・・・・・・・

比企御前　「郷、郷はおらぬか、誰かおらぬか、おお妙、郷を呼んで参れ」
（また入間川の土手に行っておるのか……最近よくそちらに行って何か物思いにふけっている様子……）
妙　「郷姫様こちらにおいででしたか。奥方様がお呼びです」
郷姫　「妙、畠山重忠様と話していたのです。こちらに来てごらん。ほら夕日が入間川の水面に映って、こんなに輝いている。まあ、空が赤く染まり、雲が金色に光っているわ。なんて素敵なのでしょう」
妙　「これは重忠様、失礼仕ります。されど郷姫様、奥方様がすぐに来るようにとのお言いつけです」
郷姫　「分かったわ。母上は何時も急がせるのですよ。今行くと伝えなさい。重忠様、母が呼んでいます。一緒に館に参りませぬか？」
重忠　「いや、某（それがし）は重頼殿のお供をして来たまででござる。きっと良い話がござろう。されば

郷　姫　ここで失礼致す」

「まあ、折角久しぶりにお会いできたのに残念ですわ。重忠様もお急ぎの様子。さればごめん下されまし」

（母上の急ぎの用とはなんでありましょう。もう少し重忠様と話していたかったのに……）

・・・・・・・・・・・・・・・・・・・・・・・・・・・

妙　「奥方様、郷姫様をお連れしました」
比企御前　「郷、先ほど殿様がお帰りになり、郷の嫁入りに大変良いお相手を決めて来ましたよ」
郷　姫　「私の婚礼ですか……」
比企御前　「そうです。お相手は、それもこの辺りの豪族の息子ではなく、鎌倉の御所様の御舎弟で、義経様と申す御方ですよ。義経様は、御所様の命で、京で乱暴狼藉を働いていた木曽義仲をたった一日で成敗し、義仲の首を挙げた素晴らしい殿方で、後白河法皇様から絶賛された御曹司ですよ」
郷　姫　「…………」
比企御前　「この話は、私の母上で、そなたのおばあ様にあたる、秩父の比企尼殿が、かねてから御所様に良い相手をお願いしていたものです。比企尼殿は、姫も知っての通り御所様の乳母上で、御所様も大事に扱われている御方ですよ。河越家にとっても、またとない大変名誉な縁談なのですよ。姫、聞いているのですか。姫は今いくつですか？」

郷　姫　「はい、十四歳になりました」

比企御前　「十四歳なら立派な大人です。嫁ぎ先は京におられる義経様です。今からそれなりの花嫁修業をすると良いですよ。姫、分かりましたか？」

郷　姫　「はいお母様、かしこまりました」
（エーッ、京ですと……私の好きな故郷入間川の美しい風景が見られなくなるのは悲しい……）

・・・・・・・・・・・・・・・・・・・・

重　頼　「郷、待たせたが、喜べ。春も過ぎ新緑の候となったが、漸く郷の嫁入り期日が九月に決まった。このところ御所様は、平家との戦いが忙しく、それどころではなかった様子であったが、今年の二月、一ノ谷での合戦で義経様が鵯越の裏山から馬で駆け下って、平家本陣の背後を突き、平家が大敗。安徳天皇様と共に全軍が船で敗走し、源氏の大勝利となった。郷も知っての通り、この鵯越では我等坂東武士も多く参加し、中でも畠山重忠殿は、馬を背負って谷を下ったとのことだ。後白河法皇様も義経様を大絶賛しているとのことである。誠にめでたい。ついては、郷は九月末頃、京に行く前に鎌倉に行き、御所様にご挨拶し、その足で義経様の所へ参ることになる。それまで母の言いつけを良く守り、嫁入りの支度をせよ」

比企御前　「ここまでこぎつけられたのは、お父上様が御所様に信頼されていることと、比企尼殿のお働きのお陰ですよ。鎌倉で比企尼殿にお会いする機会があったら、きちんとお礼のご挨拶をするのですよ」

郷　姫　「はい、かしこまりました。お父上や、母上のおっしゃる通りに致しまする」
（重忠様とは幼馴染み、以前は良くこの館においで戴きお話しもできたのに……最近は来られないと思っていたら西国に行っておられたのですね。先程お別れしたばかりだけど今一度お会いし、お別れを言いたかったのに……）

二．義経、左衛門少尉。検非違使に任官

同年八月六日　六条堀川 義経館

弁　慶　「殿、宮中より伝奏の公家様が参られました」

伝奏公家　「源義経。聞けば頼朝は鎌倉の家来達には、夫々恩賞の官位を与えたが、そなたには何の沙汰もあらっしゃらないと、法皇様が聞き及び驚いておいででした。あの木曽義仲を討ち取ったのも、この度の平家との戦の勝利も、みなご貴殿のお手柄であらっしゃるのに、何の褒賞もないとは、さぞや無念であらっしゃりますな」

義　経　「はは、決して……」

伝奏公家　（本当に兄上は何を考えているのであろうか。この度の『一ノ谷の戦』で、手柄第一等はこの義経に他ならないのに、何の恩賞もお褒めの言葉もないとは解せない……）

伝奏公家　「麿は、後白河法皇様より遣わされた任官の勅使であらっしゃります。そこへ直り、謹んで承りなされ」

義　経　「ははっ」

伝奏公家　「源九郎義経。この度の勲功を認め、『左衛門少尉（さえもんのしょうじょう）に任ずる』——以上であらっしゃります。これは都を守る左衛門府の五位の判官で、検非違使の任であらっしゃりまするぞ」

義　経　「は、しかし、任官は鎌倉より……」
（任官は兄上、鎌倉殿より下賜されるもの以外、宮中より直接受けてはならぬと通達が来ていることから……困った……）

伝奏公家　「黙らっしゃい。これは後白河法皇様直々の格別なる思召しにより授けられるものであらっしゃります。先ずは御礼を言上なされ」

義　経　「ははっ、義経身に余る光栄で、誠にありがとう存じ奉ります」
（後白河法皇様自らの思召しを、お断りするわけにはまいらぬ。むしろ我が源家の誉れではないか。兄上も分かって下さるであろう……）

弁　慶　「殿、ようございました。これで我等も鼻が高うなりました」

同年八月十七日　鎌倉御所

頼朝　「なに！　義経が後白河法皇様よりの任官を拝受したと、けしからん！　左衛門少尉とは、都を守る検非違使の任であるな？」

景時　「やはり義経殿は御所様を無視されているようで……」

頼朝　「うぬ。儂の許可なく朝廷より任官を受けてはならぬと、義経はもとより、御家人全員に触れてあるにもかかわらず、法皇様よりの任官を直接賜るとは、弟と言えど許せぬ！　この度、平家打倒に関する恩賞は、弟と言えど義経が儂の家来であることの自覚を促すために与えなかったのに、それに対する意趣返しか！」

景時　「義経殿は御所様の弟君であります。都の御家人共が、これで義経殿と同じく朝廷より直接官位を賜るようになったら、御所様との二重政治が生じる危険性がございまするが、如何いたしますか？」

頼朝　「都にいる郎党に、鎌倉の許可なく朝廷より任官を受けることは許さないと、再度伝達せよ。予の命に従わない者は、鎌倉に帰還することを禁じる。また、万一朝廷より任官を受けた者は、直ちに返納せよ。返納しない者は郎党とみなさず、謀反人とする旨厳命しろ」

景時　「畏まって候」

（義経は平家との戦のみぎり、儂が主張する作戦を悉く否定し、満座の中で恥をかかせた。決して許せるものではない。この機会に義経を完膚なきまでにおとしめてくれるわ！）

頼朝「御台、忘れておったわ。河越重頼の娘と義経の縁談を至急まとめよ。義経は、予が都でなく、何故にこの鎌倉で幕府を開こうとしているのか、その真意を全然分かっていない。このままではあの清盛入道と同じになってしまう。源氏を棟梁とし、朝廷から独立した武家社会をつくるには、公家の仕組みから離れなければならないのだ。血を分けた弟でも、部下と同じ一人の家臣であることを分かっていない。それを分からせるためにも、義経の御台所は儂が決めて与えねばならない。奴にこちらの息のかかった者の御台を与えることにより、奴の勝手を許さないことを知らしめなければならない」

政子「その通りですね。至急比企尼殿に命じまする」

三　郷姫、鎌倉へ出立

同年九月吉日　河越屋敷

郷姫「父上様、母上様、これまで大変お世話になりました。郷はこれより鎌倉の御所様と御台所様にご挨拶し、その足で義経様がおられる京の六条邸にまいりまする」

重頼「うむ、御所様と御台所様にはくれぐれも粗相の無いよう気を付けるのだぞ。京へは一緒に行けないのが残念だが、義弟の師岡重経(もろおかしげつね)を責任者としてつける。義経様に可愛がってもらえるように尽くせ。重経宜しく頼む」

重経　「は、畏まって候。お供は、警備の者や足軽が二十名、お女中が十名、総勢三十人でございます。河越家の名に恥じないよう立派に務めてまいります」

比企御前　「病気にかからないよう、くれぐれも体に気を付けるのですよ。妙や、そなたを女中の付き添い筆頭としてつけるので、京での郷の世話をくれぐれもよくみるのですよ」

妙　「はいお方様、命に替えても姫様をお守りいたします」

重経　「されば、いざ出立だ！」

郷姫　「お父上様、お母上様、行ってまいります」

（私の馴れ親しんだこの河越の故郷と、これで本当の別れになるのですね。昨日は、野菊が真っ白に咲いている入間川の土手を思いっきり走ってお別れをしてきたけど、その時は涙が出てきて止まらなかった。もう二度と見ることができない気がする……）

同日　荒川の関

郷姫　「妙や、もう河越領を出ましたか、さればここからは鎌倉領に着くまでの間は乗馬します。駕籠の中は狭くて暑苦しくて嫌です」

妙　「重経様、姫様が乗馬で行きたいと申していますが」

重経　「ははは、坂東の女子（おなご）でござるな。駿馬を連れてきておりますす。それを使うとよろしい」

郷姫　「ありがとう。こうして馬上から景色を見ながらの旅の方が私に合っています」

（河越領の外へ出たのは生まれて初めてだわ。これが武蔵野の広大な風景なのですね。

先程荒川とか言う、入間川と同じように広い川を渡ってきたけど、ここからも富士の霊峰が見えるわ。それがだんだん大きくなってきた感じがする……）

・・・・・・・・・・・・・・・・・・・・

重経　「姫様、そろそろ鎌倉領の近くになって来ましたので、駕籠にお戻りください」

妙　「姫様、立派な神社が見えて来ました。あれが有名な鎌倉八幡宮でございます。その横に広壮な武家造りのお屋敷がありますが、あれが御所だそうです」

重経　「着き申した。只今近習の方に、郷姫様の来訪の主旨を告げましたところ、隣の棟の小御所にお入りくださいとのこと。そこは、御台所の政子様とお子様たちが暮らす別棟とのことで、そこで御所様や御台所様がお会いなされるそうです」

郷姫　「ありがとう。御台所様のお館ならば、妙だけ連れて中へ入ります。重経殿は控えの部屋でお待ちください」

四．鎌倉殿との対面

同年九月三日　鎌倉御所

郷姫　「河越重頼の娘、郷でございまする。この度は御所様と御台様のお計らいを持ちまして、身に余るご縁を授かることとなり、ご厚情に深く御礼申し上げまする。田舎者で何のとりえも御座いませんが。義経様の室として、懸命に務める所存でござりまする」

頼朝　「源頼朝である。そなたの父重頼は、坂東の武士でも剛の者で、儂に良く仕えてくれておる。またそなたの祖母の比企尼は、儂の乳母上でもある。この度のことは、九郎にとっても良き縁組と喜んでおる。向後はそなたも源氏の身内となることから、これからは源氏のお家大事を旨とし、夫婦仲良く暮らしてくれ」

（器量は人並みだが、儂を正面から見据え、物怖じしない芯の強い女子だな）

「では、儂は用があるので、後は御台より聞くがよい」

郷姫　「ありがとうござりまする。心にしっかり刻んでおきまする」

政子　「御台の政子です。この度は比企尼殿の紹介もあり、郷殿を九郎殿の御台と決めさせて戴きました。比企尼殿より、身分もお人柄も良い優れた嫁御寮を紹介され、こうして御所様がお決めになられたのですから、誠に悦ばしいことです」

郷姫　「ありがとうございまする。御台所様より、身に余るお言葉を戴き誠に嬉しゅうございます。

不束者（ふつつかもの）ですが、以後宜しくご指導の程をお願い申し上げまする」

政子　「さて、そなたはどんなことができるのですか？」

郷姫　「はい、お琴と生花を少々、お花は好きです。あの、特に川辺に咲く野菊が好きです」

政子　「夫となる義経殿のことはどの程度知っていますか？」

（野菊とな、聞いてもいないことを話し、真っ直ぐわらわを見つめ物怖じしない娘だわ……）

郷姫　「はい、一ノ谷での御活躍程度のことしか存知上げませぬが、室として懸命にお仕え致しまする」

政子　「九郎殿は、京へ凱旋されてから少し人が変わったように見受けられます。御所様はこの度、坂東の武士たち全員に、朝廷よりの官位は御所様が承るので、御所様の許可なく受け取ってはならぬと厳命されました。にもかかわらず、九郎殿は法皇様の仙洞御所へ足しげく通い、その上、御所様に相談も御裁可も得ずに、法皇様より官位を受けてしまわれました。これでは御所様配下の武士に示しがつきませぬ。御所様はそれをひどくお怒りなのです。郷姫はどう思われますか？」

郷姫　「政に関しては全く無知でございますので、なんとお応えしてよいか分かりませぬ」

政子　「そうですね。しかし、武士の棟梁たる御所様が決めたことに、兄弟と言えど従ってもらわねばなりませぬ。それが御政道です。九郎殿のやったことは御所様の顔に泥を掛けたみたいなものなのですよ。たとえ兄弟でもその辺のことはわきまえてもらいたいのです。家臣の中でも、九郎殿に謀反の疑いがあるのでは、と言う者さえあるとの噂が出る始末で、由々しきことです。そこでそなたにとって大切なことは、九郎殿がこれからそのようなことをしないよう、室としてよく考え、言って聞かせて上げることです。また、そのような状況があったら、都度私に知らせてください。御所様にお仕えしている河越殿のご息女を室に選んだ御所様のお気持ちをしっかり受け止めなされ」

郷姫 （なんという娘でしょう。面も伏せずにじっと私を見つめている様は、恐れの気配もなく、何を考えているのやら分からぬ……）
「はい、まだお会いしていないので分かりませぬが、お会いしてしっかりお仕えしようと思っております」

政子 「御舎弟と言えども、御所様に仕える家臣であることに変わりはありませぬ。その所は河越家にとっても同じことです。まして源氏の棟梁の舎弟ですので、家中の者達の理解を得ることも大切です。本日お会いした主旨はこの辺りで、そなたにも良く理解してもらい、鎌倉幕府の繁栄と安泰に尽くしてもらうためです」

郷姫 「はい、義経様の良き室となるべく、懸命に努めてまいります。本日はお会い戴き、誠に有り難うございました」
（なんというお強いお方でしょう。私に告げ口をせよと言うのでしょうか。そんなことは旦那様になる義経様に会ってみなければ分からないのでは……私は、自分の眼で見て判断しますわ……）

重　経　「姫、京の入り口、羅生門が見えて来ました。馬から降りて籠に乗り換えなされ」
妙　「姫様、こちらに天幕を張りました。こちらでお着替えください」
郷　姫　「これが羅生門ですか。なんと大きく立派で荘厳な門ですね。平安の頃建てられたものとは思えませぬ。確かにところどころ色あせた所もありますが、むしろそれが歴史を刻み込み、より深く威厳すら感じられます。生まれて初めて見る景色です。中に入ると人々が多く、それぞれの姿形が違って、みな忙しそうに往き来していますね。驚くことばかりです」
重　経　「羅生門から真っすぐ伸びている通りが朱雀大路と申します。京の都はこのように碁盤の目のように、道で区切られております。ささ、我らの河越館に到着しました。ここが、殿様が大番役で、都に詰めるとき泊まられる、河越家の屋敷でございます。ここで花嫁としての支度をして戴きます。そして、九月の吉日に義経様の住まわれる六条堀川館にまいり、十月一日に婚姻の儀を執り行うことになっています」

五．婚姻の日

同年十月一日　六条堀川 義経館

義　経　「婚儀にての固めの盃が終わった。儂が義経である」
郷御前　「初めてお目にかかりまする。河越重頼が娘の郷と申します。鎌倉の御所様と御台所様より義経様の室となるよう仰せつけられました。不束者でございますが、精一杯務めますので宜しくお願い申し上げます」

義　経　「堅苦しい挨拶はいらぬ。して、お主の本心を聞きたい。本心はどうなのだ?」

郷御前　「はあ……本心といいますと……」

義　経　(なんと涼しい目をされた御方でしょう。この方なら一生ついて行けそうな気がする……)

郷御前　「私は嘘が嫌いじゃ。まして裏切られるのはもっと嫌いだ。郷はこの私をどう見る?」

義　経　(物怖じもせず真っすぐ私を見返す瞳に嘘はないとみた。この姫は信用できそうだ……)

郷御前　「お疑いがあるならば、いつでも成敗されてもお怨み申し上げませぬ。私は誰に何を言われても、私自身が見て判断したもの以外は信じませぬ。はばかりながら旦那様は正直で正義感溢れるお方と拝察し、心より信じ申し上げまする」

義　経　「されば、鎌倉殿より何か申し付けられなかったのか?」

郷御前　「何か変わったことがあれば報せよとは、御台様より言われました。御所様は最初の挨拶のみにて、直ぐに立ってしまわれました。私は義経様の室となりましたので、報告は致しません。誰に何と言われようと、義経様の全てを信じてついて参ります」

義　経　「分かった。お互い共に信じ合い、末永く暮らしていこうぞ」

(並み居る側室の中で、いままで儂が心を寄せたのは静だけだが、静は別格だ。美しくて聡明な上、都の宮中や公家の仕来りを熟知しており、良く教えてくれる。お陰で

郷御前　田舎暮らしの儂も恥をかかないですんでおる……この郷も信じて良さそうだ……）
「嬉しゅうございます。宜しくお導き下さいまし」

六．義経と静御前

同年十月十日　七条富小路 静御前の屋敷

静御前「九郎様は、十月初めに北の方様を迎えられたとのこと。暫くお越し戴けませんでしたが、北の方様はどのような御方でしょうか？」
義　経「うむ、坂東の河越家の娘で、全く汚れを知らぬ、純粋で正直、しかも芯の強い女子だな」
静御前「まあ、お武家様の姫でありますか。それでしばらく私の所へ来られなかったのですね。きっといい方に違いありませぬね。あら、勘違いなさらないでくださいね。妬いているのでなく、喜んでいるのですよ」
義　経「うむ、初めは田舎出の無知の娘と思っていたが、なかなか奥が深くしっかりした室で、その瞳は鏡のようで、私が心で思っていることまで映し出されるような気がするのだよ」
静御前「あら、御馳走様です。それで私はいかが思われているのですか？」
義　経「静は別格だ。室は川の土手に咲く野菊が好きだと言っておったが、静は神殿に咲く桜のように美しく、舞姿は李白の清平調詞（せいへいちょうし）に詠われた牡丹のように、私の心をとらえてしまったのだよ」

（静は本当に綺麗で繊細な心を持っている。静を初めて見たのは、寿永元年（一一八二年）の夏の或る日の夕方であった。長期間続いた日照りで、田畑がみな枯れてしまい、各地で飢饉が起き、後白河法皇様が日本中の巫女を集め都で雨乞いをしたが少しも雨が降らない。そして最後の百人目で白拍子の静が舞ったところ、にわかに空が曇り、雨が降ったことから、後白河法皇様より「日本一」と激賞された舞子である。私もその時静の舞う姿を見て、正に天女の舞で、一目で好きになり、元暦元年（一一八四年）三月に我が愛妾になってもらったのだ……）

静御前　「まあ嬉しいですわ。どうぞ私の膝におつむをお乗せあそばせ。そのような素敵な北の方様なら、私と仲良くして戴けそうですね」

義　経　「静、静……なんと心地よいことか、そなたの全てが愛しい……」

（なんと白くてしなやかな指であろうか。こうして優しく撫でられると身も心も温まり、日頃の悩みも消えてしまいそうだ……）

静御前　「義経様、嬉しゅうございます……あ、あ、あ……」

同年十一月　六条堀川　義経館

郷御前　「妙、旦那様は昨日もお帰りになられなかった。このところ顔色も悪く、いら立っておられるご様子だが、そなた何か知っておいでか？」

妙　「はい、詳しいことは分かりませんが、先日重経殿が参られ、ご主人様と何やら話し合われておりました。なんでも今度の平家との戦の総大将にお殿様の義理の兄上である源範朝様がなられ、お殿様は外されたとか。ヒソヒソと話しておられ、怒っておいででした」

郷御前「まあ、妙は立ち聞きをしたのですか？」

妙「いいえ、お茶を持ってお部屋に入ろうとしたところ、突然お殿様が大きな声を出されたのです」

郷御前「それで近ごろ何かとイライラされている様子なのですね。それにしても、そんな折に何処へお泊りなのでしょう。妙は何か知っているのではありませんか？」

妙「すみません……最近耳に挟んだのですが、お殿様は静とか申す白拍子の所においでになるとの噂を耳にしました」

郷御前「静……ですか。聞いたことがあります。なんでも白拍子で、当代一の踊り子とか。側室が何人もいるのに、そこだけお通いとは……よほど気に入られているのですね。妙、その静なる人の家は知っていますか？」

妙「いえ、知りませぬ。でも知ってどうされるおつもりですか」

郷御前「旦那様が心のよりどころとされている御方なら、きっと良い女子（ひと）だと思います。会って話してみたいのです。妙、重経殿を訪ね聞いてきてください。決して妬いているのではありませんよ」

妙「……承知いたしました」

七. 郷御前と静御前

同月　静御前の屋敷

妙　「重経殿よりお聞きした七条富小路の静様の家はこちらでございます。今はお留守のようで、誰も見受けられませぬ」

郷御前　(この庭先にある白梅をはじめ、草木が本当に丁寧に手入れしてある。きっと心優しいお方のよう……)

静御前　「どなたか存じ上げませぬが、我が家に何か御用がおありでしょうか?」

郷御前　「あら、勝手に庭先に入り失礼致しました。私は源義経の室で郷と申します。こちらの静様を訪ねて参りましたがお留守のようで……でもあまりにもこの白梅の木が見事なので見とれていたのです」

静御前　「まあ、義経様の北の方様でいらっしゃいますか。大変失礼いたしました。私が静です。こんなところで立ち話もおかしいので、むさい所ですがどうぞ中にお入りください」

郷御前　「それはありがとうございます。お言葉に甘えまして少しだけ寄らせていただきます」

静御前　(まあ、なんて綺麗なお方……少しも派手な身なりでなく、清楚で賢そうな方ですこと……)

静御前　「粗茶ですが、よろしければ一服如何でしょうか?」

郷御前「お心づかいありがとう存じます。突然伺って大変失礼いたしました。お初にお目にかかります。坂東の河越重頼の娘の郷と申します。鎌倉の御所様の御計らいで、この十月に義経様の室となりました」

静御前「私は白拍子の舞子、静と申します。母は磯禅師と申し、都で白拍子の家元の一つとして、朝廷や公家様宅や神社で舞を披露しております。父はおりません。ご存知だと思いますので お話し致しますが、義経様とは昨年の夏初めてお会いし、以後時々お会いしております」

郷御前「静様の御高名はかねてから伺っていましたが、我が殿とのことはつい最近知りまして……どんな御方か知りたくて……つい来てしまいました。それにしても先ほどのお茶のお点前を拝見し、また、手入れの行き届いたお庭を拝見し、お美しいばかりでなく、礼儀正しく誠実なお方とお見受け致しました」

静御前「いえいえ、まだまだ至らぬところばかりですわ。何かお聞きになりたいことがあれば何でもお尋ねください。御方様のお役に立てれば、静も幸せです」

郷御前「お言葉に甘えて一つだけ分かる範囲でお聞かせください。近ごろお殿様は何かお悩みになっているご様子。何かご存知でしょうか」

静御前「先ほどお話ししたように、私の家は白拍子の家元の一つですので、お公家様や全国の神社からいろいろな話が耳に入ってきます。それらとお殿様のお言葉から察すると、いま義経様はお兄上様である鎌倉様との間が上手くいっていないご様子です。例えば、一ノ谷合戦の大勝利も、義経様の鵯越の奇襲があったればこそなのに、鎌倉様はそれを過小に評価され、戦に参加した多くの武士に官位や恩賞を与えたのに、義経様には何もお与えになりませんでした。それを聞いた後白河法皇様が義経様に官位をお与えになり、それをまた鎌倉様が命令違反だと怒ってしまったとか……」

郷御前　「婚姻前、私もそこまでは知っているのですが、しかし、今の不機嫌なご様子はそれだけでないような気がいたします。旦那様は、外のことは私には殆ど話されないのです」

静御前　「そうなのですか。一ノ谷で大敗した平家は四国に渡り、今では勢力を盛り返して、東は屋島に本陣を置き、西は長門（山口県）の彦島に拠点を構えており、都に返り咲きを狙っているとのことです。それでこの度、鎌倉様は再び平家討伐に大軍を発せられましたが、総大将はお義兄上の源範頼様で、義経様にはお声が掛かりませんでした。それを義経様は大変不満に思っておられるご様子。でも討伐隊は上手く統制がとれず、むしろ平家に押し返されそうになっております。『儂が大将ならばそのようにならない』と、イラついておられるご様子ですが、きっと近日中に吉報が来ると思っておりますわ」

郷御前　「そうなのですか。ありがとうございます。これで私の心も晴れました。良く話してくれました。静様とは気が合いそうです。これからもお話しできますでしょうか。私は田舎者で都のことは少しも分かりません。どうぞ、いろいろ教えて下さい」

静御前　「勿論ですわ。私こそ宜しくお願い致します。内心お叱りを受けるのではと思っておりましたが、そのような素振りは全くなく、むしろ心より義経様をお慕いし、心配されているお姿に感動いたしました。こちらこそ宜しくお願い致します。都のことや公家の仕来りなど、お尋ね戴ければ何なりとお話し致します」

（本当に真っ直ぐに私を見つめ、少しの嘘もない、誠実と愛情に溢れ、しかも芯のお強いお方ですこと。兄妹もない孤独な私が初めて心を開いた、素晴らしいお方ですわ……」

郷御前　「それではこれで失礼しますが、近日中に我が館にも遊びに来て下さいね。こちらでは話し相手が居なくて、寂しいのです」

静御前　「ありがとうございます。必ずお伺いします」

元暦二年（一一八五）一月八日　六条堀川 義経館

義　経　「郷、心配かけて済まなかった。法皇様より判官の官位を賜わったことから、鎌倉殿の不興を買い、この度の戦に声が掛からず、儂も戸惑っていたが、この度漸く鎌倉殿から屋島出陣の許可が出た。やはり儂が行かねばどうにもならないことを、鎌倉殿も漸く分かってくれたようだ。弟の儂が出世するのは源氏の誉れでもあると思っている。これで兄上の怒りも誤解も、儂が勝てばとれると思う」

郷御前　「それはおめでとうございます。早速出陣の準備を致します」

義　経　「うむ、十一日には京を立つ予定である。それまでは睦まじくゆっくり過ごそうぞ」

郷御前　「嬉しゅうございます。あれそんなに強く抱きしめられたら着物が乱れて……動けませぬ。殿様、殿様、嬉しゅうございます……あ、あ、あ……」

同月　静御前の屋敷

静御前　「しばらくお見えになりませんでしたが。お館におられたのですね」

義経「うむ、膝を貸してくれ。御台と会ったとか。お陰で御台も明るくなった」

静御前「まー、それはようございました。御台様はしっかりして、心の温かいお方ですね。すっかり打ち解けて、まるで私と姉妹になったようですわ。今日はゆっくりしていけるのですね」

義経「うむ、明日平家討伐の軍議がある。やっと儂の出番が来た。必ず勝利し、鎌倉の兄上に認めてもらうつもりだ」

静御前「それはようございました。ご武運をお祈りしております」

義経「静、静、静……儂の全てを分かってくれるのは静だけじゃ」

静御前「はい、嬉しゅうございます……私が心を許し、頼りにしているのは義経様だけでございます」

義経「静の全てが愛しい……」

静御前「あ、あ、あ……嬉しゅうございます……」

＝第二章　平家滅亡＝

磯禅師

治承八年（一一八四）二月七日の一ノ谷の戦いで、鵯越の逆落としという奇襲で平家を破り勝利した義経様でしたが、その後はなぜか鎌倉殿から疎まれ、鎌倉殿との間がギクシャクしておりました。

しかし、都を追われた平家は、逆襲すべく西国で勢力を挽回しており、いよいよ平家との決戦が迫る中、鎌倉殿は源氏の総大将を義経様でなく義兄の範頼様とされ、大軍を発したのであります。

ところが範頼様の討伐軍の足元が乱れ、平家に対し劣勢となったため、義経様は再び大将に任ぜられたのでありました。義経様は喜び、勇躍して、何としても手柄を立てて兄上に喜んでもらおうと意気込んだのですが、軍監梶原景時殿と意見が合わず、悉く対立してしまいました。

そして、最後の決戦となった壇ノ浦の海戦では、景時殿の逆艪の戦術の言葉を無視し、真っ先駆けて平家に挑み見事大勝利したのです。しかし、安徳天皇様をはじめ多くの女官が入水し、あまつさえ鎌倉殿が絶対に確保せよと命じた三種の神器も一緒に海中に沈んでしまいました。平家に大勝利したのもかかわらず、景時殿の讒悔により逆に鎌倉殿の逆鱗に触れ、弁明に鎌倉まで行くも鎌倉領の境の腰越からは入れてもらえず、失意のまま帰京したのでした。

一．凱旋報告

元暦二年（一一八五）四月十一日　鎌倉御所

景時　「御所様、壇ノ浦の戦いから只今戻りました」

頼朝　「うむ、ご苦労であった。仔細は文で読んだが、これで宿敵の平家が名実ともに滅び、いよいよ鎌倉幕府を創ることができる。しかし、安徳天皇はやむを得ないとしても、三種の神器を失ったのは誠に痛い。義経の報せでは思いもかけない咄嗟の出来事で、手の施しようがなかったとあるが、お主が控えていながら何故にこのようなことになったのか。義経はどうした」

景時　「義経様は、何よりも法皇様にお知らせするのが先だと仰せられ、京に残られました。残念ながら弟君ではありますが、義経様は私の言うことは全く聞く耳を持ちませぬ。軍議で、先ずは安徳天皇様を無事に救い出し、三種の神器を取り戻す方策を話し合おうとしましたが、『戦に勝たなければ何の意味もない。儂が真っ先駆けて、先頭に立って攻める』と言われるので、大将たるものは本陣で全体の指揮を執るものですと諫言したら、『臆病者め』と諸将の前で言われ、軍議もせずに戦に出て行かれました。更に午前の海戦では源氏軍旗色が悪いとみると、こともあろうに全軍に『平家の漕ぎ手を矢で狙い撃ちにしろ』と命じられ、平家軍は船の自由を失い、午後から潮の流れも変わったことから、一挙に総崩れとなったのであります。
　その中で、義経様が真っ先駆けて御座船目掛けて攻め込んだので、狼狽した平家の大将平知盛が御座船より海に飛び込み、最後を遂げたのです。それを見た建礼門院様に続いて乳母の局が安徳天皇様を抱いて海に入水され、三種の神器を持った侍女達も次々と入水されたのであります。某は全軍の指揮を執っておりましたので、手の届かぬ所の出来事でありました。誠に申し訳ございません」

頼朝　「それで、義経は今どうしている」

景時　「先ずは一番に鎌倉殿に戦勝報告すべしと申し上げたのですが、先に後白河法皇様に報告に行かれました。聞けば、後白河法皇様に大変誉められ、義経様は昇殿を許され、牛車にて毎日法皇様の御殿に詰めておられるようで、最早法皇様の言いなりです。なお、義経様の推挙で、源氏の中でも院から直接官位を授かった者もおります」

頼朝　「なにを、それでは清盛入道がやったことと同じではないか。許さん。儂の推挙もなく院より官や賞を受けるのを禁じておるにもかかわらず、院より官を受けた者は、儂の命に叛く謀反者とみなすぞ。即座に返納させよ。従わぬ者は本国に帰ることを許さん。
　命令に従わぬ者は、大罪人として本領を没収すると通達せよ。義経は儂が都より離れて鎌倉幕府を創る真意を全く分かっておらぬ。最早堪忍ならぬ！　勘当する」

二. 義経、失意の帰京

同年六月二十三日　六条堀川 義経館

義　経「郷、今戻った」

郷御前「お帰りなさいませ。まー、お顔の色がさえませぬ。お疲れでございましょう。すぐにお風呂に入りお休みください」

義　経「うむ、疲れた。その前に話すことがある。郷、そこに座ってくれ」

郷御前「はい、改めて如何なされましたか」

義　経「実は思いもよらぬことだが、兄頼朝は儂を勘当し、全ての所領を没収してしまわれた」

郷御前「まーそれは理不尽な！　あの範頼様さえ手こずっておられた宿敵平家を見事に滅ぼした殿様に、何と言う仕打ちでしょうか。どんな落ち度があるとお疑いになったのでございますか。郷は納得できませせぬ」

義　経「うむ、儂も納得できない。儂に謀反の気持ちなど一欠片（ひとかけ）もないと、心からの詫び状まで書いて送ったにもかかわらず、理解しようともせず、あまつさえ鎌倉領内にさえも入れてもらえなかった。壇ノ浦の海戦で、建礼門院様が安徳天皇様を抱いて入水したのは、咄嗟の出来事でやむを得ぬ仕儀であったのだ。

建礼門院様はお助けしたが、安徳天皇様は行方不明で、お亡くなりになったと思われることや、多くの女官達が三種の神器を持って入水したため、宝剣が水没して見つからないこと等々をあげつらい、怒って、許してもらえなかった。しかし、これは戦の最中の突然のこと故、如何ともしがたいことだったのだ。それを根に持った狭量のやり方だ」

郷御前　「もしかしたら鎌倉様は勘違いしておられるのかもしれませぬ。少し時がたてば、或いは誤解が解けるのではないでしょうか」

義　経　「郷の実家の河越家から何か言ってこないか。例えば実家に戻ってこいとか」

郷御前　「何の報せもありませぬ。たとえそのようなことがあっても、私は絶対に河越には戻りませぬ。私はどこまでも義経様の女房です。静様にこのことは……」

義　経　「まだ知らせておらぬ。明日後白河法皇様にお目通りし、先ずは今後のことをご相談申し上げ、それからじゃ。最早鎌倉とは縁切れやも知れぬ」

郷御前　「それは大変でございます。でも信じてください。どんなことがあろうとも、またこれから何が起ころうとも、私は義経様の女房です。どこまでもついて行きます」

義　経　「郷の儂を思う心情が有難い。身に沁みる。郷、儂も同じ気持ちだ。どんなことがあっても二人で生き抜こうぞ」

郷御前　「はい、義経様、信じて戴きうれしゅうございます。あー、しっかり抱いて下さい……義経様、義経様……あ、あ、あ……」

同年八月　後白河法皇仙洞御所

後白河法皇　「義経、頼朝に勘当され、所領を没収されたとな。平家滅亡の大役を果たしたお主への

義　経　仕打ちとは思えぬ」

後白河法皇　「誠に、思いもよらぬ仕打ちにて……兄頼朝の役に立つべく、また源氏の繁栄を願い、亡き父上の無念を晴らすべく懸命に戦い、こうして平家を滅ぼした私が、何故にこのような理不尽な仕打ちに遭うのか全く理解できませぬ。無念でございます」

義　経　「話し合えば、お互いの誤解も解けるのではないか」

　「それが、腰越の地に止め置かれ、鎌倉領に入れてもらえませんでした。衷心からの詫び状を書いたのですが、それも全く無視され、所領も取り上げられ、如何ともしがたい状況であります」

後白河法皇　（兄は儂が戦上手で強いことを恐れているのだ。儂に謀反する気がないのに、儂が謀反を起こして鎌倉を襲うのではないかと、勝手に思い込んでいるに違いない。あのずる賢い梶原景時の口車に乗せられて、儂から力を奪おうとしているに違いない）

　「それは理不尽であるな、さればお主が平家を滅ぼした手柄を朕が認め、伊予守に任じてつかわす。所領も少しではあるが、儂の荘園から分けてあげよう。今後のことは、お主の叔父である新宮行家と相談するがよい」

義　経　（義経と頼朝が仲たがいすれば源氏の力がそがれ、朝廷を脅かすこともないだろう。朝廷にとっては好都合じゃ）

　「ははっ、身に余る光栄にて、義経衷心より感謝申し上げまする」

同月　静御前の屋敷

静御前　「お帰りなされませ。今宵はお顔の色もよく、何か良いことがございましたか」

義　経　「うむ、壇ノ浦の戦いには大勝利したが、嘆かわしいことに理由も無く、兄弟での絆を無視して鎌倉殿より勘当された。しかし、本日後白河法皇様より平家討伐の恩賞として、伊予守に任じて戴いた。別名これは判官とも言うらしい。鎌倉の恩賞より、これに勝るものはない。静、膝をかせ」

静御前　「はい、こうして義経様と寛ぐのが、静にとって何よりも嬉しいことです。でも奥方様の所へは参られたのですか」

義　経　「うむ、昨日帰ったが、昨日は気が塞いでおった」

静御前　「まー、お可哀そうに。でも今宵の殿様は静のものです」

義　経　「ありがたい。静、静……おぬしの全てが愛おしい……」

静御前　「義経様、義経様……アアー、うれしゅうございます……アアー」

＝第三章　義経討伐の命＝

磯禅師

壇ノ浦の戦いで大勝利し平家を滅亡させた義経様でしたが、安徳天皇様が入水され、三種の神器が海中に沈み失ってしまったことに加え、軍監の梶原景時と悉く対立したことから、景時の讒言を信じた鎌倉殿の不興を買い、勘当されてしまいました。

そして、後白河法皇様に誉められ昇殿を許され、加えて判官の官位を戴いたことについて、鎌倉殿が禁止したにもかかわらず官位を受けたことは、鎌倉殿の『朝廷からの独立を目指し、武家社会を創る』方針に違反したことになり、鎌倉殿は『兄弟と言えども、決して許し難い行為である』と激怒され、義経様を勘当し、ついにのっぴきならない対立に発展したのでありました。

加えて、義経様が腰越で書いた長文の詫び状の中に「法皇様からの任官は源氏の誉」との一文があったのが火に油で、鎌倉殿は更に怒り、会おうともしませんでした。失意のまま京へ帰る時、思わず「鎌倉に不満のある者は義経のところに来い」と言ったことが『義経に謀反の心あり』と思われ、ついに鎌倉殿は義経討伐を決心したのであります。

これがその後ののっぴきならない事態に発展し、静と郷御前を巻き込んで、義経様に大きな悲劇が襲ったのでありました。

一．義経討伐の決定

文治元年（一一八五）十月六日　鎌倉御所

北条時政　「御所様、都へ義経様の動向を探りに行った梶原景季殿が帰って参りました。景季殿、ありていに申し述べよ」

梶原景季　「御所様、父景時の命により、京へ行き義経様の動静を探って参りました。義経様は腰越を去るに当たって、『関東に怨みのある者は儂の元に参れ』と言われたそうですが、鎌倉の御家人は、皆御所様の命を守り、私の調べた限りでは源行家以外は、義経様と親しくしている者は誰もおりませんでした。また義経様は、去る六月二十四日に法皇様御殿に参内され、後白河法皇様より伊予守に任ぜられ、足しげく御殿に参内しております」

頼　朝　「なに！　伊予守に任ぜられたと！　伊予守とは別名判官と言い、検非違使の任であるな。またしても儂の命令に逆らうとは許せるものではない……。うぬ。最早堪忍ならん！　やはり、義経に謀反の意があると見ざるを得ない」

（このまま放って置くと、万一儂に何かあれば彼奴がどう出るか分からん。危険な芽は今の内に摘まなければならない）

景　時　「御意。平家を倒したのは、ここに並み居る坂東の部将の方々の協力があればこそですが、義経様はご自分一人で倒したかのような振る舞いがございます。また、義経様に『鎌倉に従わない行家を誅すべき』と申し上げたところ、『行家の罪の有無は、儂が直接取り調べたうえで判断する』と断られました」

頼朝　「ウーム、儂の意向にそこまで逆らうのか。決めた。義経を謀反人と断じて成敗する。誰か義経を討ち取って来る者はおらぬか」

一同　「…………」

時政　「河越殿は如何思われるか……」

重頼　「某の娘が義経様に嫁いでおりますが、これに関しては何も言って参っておりません。さればそのような疑いがあるかどうか。説得せよとならば分かりますが、立場上討手となるのは難かしゅうございます」

（時政め、わが河越家まで巻き添えにしようてか、景時も自分の子息を偵察に出し義経殿に不利な報告をさせるとは、許せん）

頼朝　「左様か。他に誰かおらぬのか……何を恐れている。見事討ち取った者には望み次第の褒美を授ける」

一同　「…………」

時政　「鎌倉殿の仰せである。この際身分は問わぬ。誰かおらぬのか」

土佐房　「恐れながら、お許しいただければ、某が都に行き討ってまいります」

（儂は並み居る武将の末席におるが、このままではうだつが上がらない。皆義経様を恐れて手を挙げないが、夜陰に紛れて急襲すれば討ち取ることができるだろう）

頼朝　「その心意気や良し。必ず討ち取って参れ。但し後白河法皇様や帝に絶対に害を与えないよう、厳に注意しろ」

土佐房「ははっ、畏まって候」

二．襲撃の報せ

同年十月十七日戌刻　六条堀川 義経館

静御前「開門、開門願います。御方様、夜分ですが緊急の報せです！」

郷御前「まあ、静様、このような遅い時刻に、それも寝間着姿のまま如何なされましたか？」

静御前「昼間、鎌倉より来た土佐房なる者の挙動が怪しいので、下女に見張らせていたところ、今宵六十騎余りが武装して宿舎に集まっています。恐らく夜襲をかけると思われますので、かく急ぎ報せにまいりました」

郷御前「それはありがとうございます。先ずは中にお入りください。殿は今休んでおりますが、早速二人で起こしましょう……殿一大事です！　起きてください！」

義　経「うむ、どうした。おや、静までここに？　何があった！　何！　土佐房が武装して集まっていると！　彼奴は今日の昼、儂に問い詰められ、決して儂に逆らわないとの起請文を書いたのだが、やっぱりあれは嘘か！　郷、宿直（とのい）の武士を弁慶のところへ走らせよ！　ありったけの部下を至急招集するよう伝えよ！　静、かたじけない、後は任せろ。郷と共に奥の部屋で待機せよ。土佐房め、返り討ちにしてくれるわ！」

同年十月十八日未明　六条堀川　義経館

義　経「弁慶、先ほど鎌倉の土佐房が、もうすぐ六十騎程でこの館を襲うとの知らせが入った。いまここにいる味方の武士は何人だ？」

弁　慶「二十人程です。やはり奴らが襲ってきますか！」

義　経「うむ、我らは彼奴を返り討ちにするぞ！　弁慶他十人程は　儂と共に正門より入って来た奴らを迎え討つ。残る十人は佐藤忠信が率い、屋敷の外に待機して、彼奴等が門の中に入ったら、後ろから打ち掛かれ！」

弁　慶「畏まって候。土佐房ごときが、何ができる。身の程をわきまえない奴らだ。徹底的にやっつけろ！」

一　同「オー！」

・・・・・・・・・・・・・・・・・・・・

土佐房「ここが義経の屋敷だ。まだ寝静まっているはず。者共門をぶち破って、一斉に突っ込め」

寄手兵士「わー！　突っ込めー！　ギョギョ！　敵の待ち伏せだー！」

弁　慶「身の程を知らぬ痴れ者どもが、ここが地獄の一丁目だ！」

土佐房「クソッ！　ひるむな。突っ込め！」

忠　信　「館内で戦いが始まったぞ！　それ、奴等の背後からかかれ！」

寄手兵士　「ワー！　後ろからも攻めて来た！　ワー、もう駄目だ、逃げろー」

土佐房　「しまった！　もう駄目だ。逃げるが勝ちだ」

弁　慶　「口ほどにもない奴らだ、彼奴等はけが人を残したまま、蜘蛛の子を散らすように逃げ失せました」

義　経　「土佐房も逃げたか。だが奴はこのまま鎌倉には帰れないはずだ。近くに潜んでいるぞ。必ず探し出し首をはねよ」

一　同　「オー、心得ました」

三．義経逃避行の始まり

同年十一月六日　大物浦港（兵庫県尼崎）

義　経　「郷よ。土佐房は討ち果たしたが、兄頼朝よりの討手が次々と来る。最早これまでだ。頼朝を兄と慕った儂が間違いであった。そこで、後白河法皇様より鎌倉打倒の宣旨を戴き、行家殿と共に鎌倉討伐の兵を募ったが、坂東の部将には既に鎌倉より手が回っておった。儂に味方する者は領地を没収し、鎌倉を追放するとの命が出回っており、味方する者は誰もいない。よって儂は儂の郎党と兵士二百を引き連れ、西国の九州に逃れ、そこで力を蓄え再起を期して再び都へ戻って来ることにした。ついてはそなたはどうする？　もしそなたが河越に戻りたいと申すならそれでも良いと思う」

郷御前　「殿様、そのようなお言葉は悲しゅうございます。郷はどんなことがあっても殿について行きます。こんなこともあろうかと、昨日金売り吉次殿を呼び、私の持っている衣装や家具を全て買っていただきました。また、実家の兄よりいざという時使うようお金を戴きました。これを殿様に使っていただきとうございます」

義　経　「そなたは実家に戻っても良いのだぞ。儂と一緒にいると大変つらい目に遭うやもしれぬぞ……」

郷御前　「いいえ、どのような辛いことがあろうとも、私は殿様のお側にいとうございます。ところでこの度の船出には、静様や蕨の方等の女房達はどうされまするか？」

義　経　「蕨の方は、清盛入道の義弟の娘であることから、鎌倉よりいらぬ疑いを掛けられる恐れがあるので都に残す。静はもちろん、他の女子共も連れて行く」

四．義経、嵐で難破

同年十一月七日　大物浦の浜（兵庫県尼崎）

義　経　「郷に静よ。一緒に西国九州に行き、新しい国創りをしようと思ったが、ひどい嵐に遭い軍船も難破し散りぢりになってしまい、我らは元の浜に戻ってしまった。他の船は、沈んだか、難破して使い物にならず。兵達も散りぢりになってしまった……。最早（もはや）京には戻れぬ。儂はこのまま直臣だけを連れて、北陸の山道をたどり、奥州の秀衡（ひでひら）殿を頼って行こうと思う。連れて来た女子共は京に帰すが、お主等はどうする？」

郷御前　「勿論、一緒にお供いたします。私は武家の出ですので馬にも乗れれば、足には自信がありまする」

静御前　「私も連れて行ってください。ただ北の方様はご懐妊されておいでではないでしょうか？」

義　経　「何、郷それは誠か？」

郷御前　「はい、先ほど気付いたのですが。今までてっきり船酔いとばかり思っていましたが……」

義　経　「それはいかん。されど都に帰れば、儂の室として捕らえられる」

弁　慶　「されば比叡山の寺の一つに某（それがし）の知り合いがあります。そこへお連れし、匿ってもらいましょう」

義　経　「それは助かる。郷、比叡に隠れて子供を無事出産せよ。必ず迎えに行く」

郷御前　「はい、共に行けないのは残念ですが、大切な御子です。無事丈夫な御子を出産するよう頑張ります。弁慶殿、宜しくお願い致します」

弁　慶　「お任せください。殿には、伊勢三郎重家、伊豆石衛門有綱、片岡八郎弘常、駿河次郎、片岡太郎経春、備前平四郎成春、堀弥太郎景光、常陸坊海尊、亀井六郎重清等の郎党他十数人の側近がおります。お方様を無事比叡に匿った後、直ぐに殿を追いかけますればご安心ください」

義経　「弁慶、宜しく頼む。されば皆の者、先ずは吉野山の金峯山を目指して出発しようぞ」

一同　「オー！」

＝第四章　静御前、鎌倉での悲劇＝

磯禅師

九州に船出したものの嵐に遭い難破し、本土に吹き戻された義経様は、懐妊した郷御前を比叡奥のお寺に隠し、弁慶を始め数少ない郎党と共に静御前を連れて比叡の奥に半年ほど隠れたのですが、そこも次第に追捕の手が伸びて来たので、女人禁制の古野山の奥に隠れるため、静御前に京に帰るよう説得し、泣く泣く別れたのでした。

ところが静御前は、下山の途中、付けられた従者から金品を奪われ、降りしきる雪の中、やっと麓の寺の門前まで来て倒れ、寺の住職に助けられたのでした。後日捕縛され鎌倉に護送され厳しく尋問されました。何も知らないと言い張り、やっと認められて許されましたが、京に帰る前に白拍子の舞を強要され、鎌倉殿や御台所様や諸将の前で披露しました。舞台の舞で、吉野山で義経様との別れを悲しむ歌を詠い、鎌倉殿の不興を買いましたが、御台所様と娘の大姫様のとりなしで漸く許されました。しかし、静御前が懐妊していることが分かり、鎌倉殿は「女子ならばよいが、男子ならば即座に命を奪え」と命令されたのでありました……。

一．静御前との別れ

文治元年（一一八五）十一月十四日　吉野山入口

義経　「静、しばらくここ叡山の奥に隠れていたが、僧兵の動きを見ると討っ手の迫る気配が感じられる。いよいよここも難しくなった。鎌倉の討っ手はこの近くにも迫ってきていると思わざるを得ない。従って叡山を脱して多武峰（とうのみね）の奥の院に逃れることとし、ここ吉野山の入り口にまで来たが、ここから先は女人禁制とのこと。そなたを連れて行く訳に行かないこととなった。別れ難いがどうにもならない。やむを得ないが、従者を付けるので京に戻り、儂の再起を待ってもらいたい。そなたは室ではないので捕まらないと思う」

静御前　「そんな……ここまで来て、嫌でございます。どこまでもお供しとうございます」

義経　「静、静。私も辛いのだ。奥州で力をつけ、必ず都に返り咲く。それまでの辛抱だ」

静御前　「嫌でございます。郷御前様のように、私が男装すればよいではありませんか」

義経　「そなたは美し過ぎる。すぐに分かってしまう。それにこれからの山道は険しい。そなたの足では難しい。もう泣くな。こうして三日も同じことを繰り返してきておる。これ以上は家臣達にも申し訳が立たない。どうか分かってくれ」

静御前　「嫌ですが分かりました……されば、必ず迎えに来てくださいませ。お約束ですよ」

（実はこの処私も体調が悪い。もしかして郷御前様と同じように懐妊したかもしれない。もしそうなら義経様の足手まといになる……）

義　経「ありがたい。この手鏡は儂が愛用しているもので、形見に受け取ってもらいたい」

静御前「形見など何をおっしゃるのですか。あなた様のお姿を映さない鏡は、見るたびにつろうございます。この詩（うた）を差し上げます。静は毎日あなた様の無事をお祈りしております」

『見るにつけ　うつらぬ影を偲ぶれば　心乱れるおのが影かな』

義　経「許せ静。この二人の従者を付ける。お前達は必ず静を京の屋敷に届けよ」

従者達「はは、かしこまりました」

二．静御前受難

同日午後　吉野山下り山道

従者1「おい、相棒よ。我らは京に着いたら捕まり、義経様の逃亡の詮議を受け、もしかしたら斬首されるかも知らぬぞ」

従者2「左様。儂も今それを考えていた。この際二人で逃げようか」

従者1「うむ、逃げよう。幸い静殿は、先ほど沢山の金銀をもらっている。それを奪って逃げよう」

従者2　「……静様、お肩に掛けたお荷物が重そうです。雪がちらついてきました。お足元が危ないので某がお持ち致します」

静御前　「ありがとう。ではお願いいたします」

従者達　「それ、逃げろー」

静御前　「あれー！　待って、それには形見の鏡も入っているのですー。待って下され……あー見えなくなった……」

（どうしよう。もはやこれまでか……ここで自害して果てようか。いやいや、お腹には義経様のややこがいるかもしれないのです。なんとしても生き延びなければ……雪がひどくなって先が良く見えないけど、なんとしても麓まで行って、助けを求めよう……）

同日夕刻　蔵王堂

静御前　（おー、漸くお寺が一軒見えて来た……蔵王堂と書いてあるが、もう歩けない……）

僧　侶　「おや、行き倒れか。これこれ娘さんどうした？」

静御前　「……私は……義経様……義経様の側室の……静と……」

僧　侶　「おー、気を失ってしまった。誰か、行き倒れだー」

・・・・・・・・・・・・・・・・・・・・・・・・

静御前「ウーム……ここはどこでしょうか？……」
僧侶「おー、気が付かれましたか。住職様、静殿が気付かれました」
住職「良かった、よかった。そなたは丸一昼夜気を失って伏せていたのです。どこか悪いところはありますかな？」
静御前「はい、大丈夫です。大変お世話になりました」
住職「いやいや、そのまま、そのまま床に臥せっていなさい。きっとお腹がすいたでしょう。誰かお粥を持って参れ。ところでそなたが気を失う前に、『義経殿の側室の静』と言われたそうだが、間違いないか」
静御前「……はい、山を下ってくる途中、従者に荷物を奪われ、逃げられてしまったのです。何とかここまでたどり着いたのでございます。たいへんご迷惑をおかけしました」
住職「それは難儀であったの。おー、粥が来た。先ずはそれを食して元気になられるがよい」
静御前「ありがとうございます。あー温かくて……ご恩が身に沁みまする」
住職「ところで、義経殿と言えば、奉行所より見かけたら報告するよう、お達しが回っている。仔細は分からぬが一応報告するので、そのつもりにいてもらいたい」
静御前「はい、承知しました。実は私の母は、朝廷に出入りする白拍子の家元で、磯禅師と申します。大変申し訳ありませぬが、奉行所に届け出るのと併せて、母にもこちらの消息を報せて戴けるとありがたいです」
住職「何、磯禅師殿とは著名のお方であるな。よいよい、お報せいたしましょう。奉行所が何と言われるか分からぬが、役人が来るまではここでゆっくり養生されるがよい」

静御前　「重ね重ねのご親切、誠にありがとうございまする」

三、白拍子の舞と出産の悲劇

文治二年（一一八六）三月一日　鎌倉御所

北条時政　「静殿、三月一日に鎌倉に来てひと月たった。その間、様々な尋問でも、静殿が義経と最後に別れたことについては一貫して、吉野山で別れその先の行先は分からないとのお答え。蔵王堂の住職の証言や、静殿より金品を奪って逃げた従者の一人を捕らえて尋問したところ、全く同一のことを白状したので、鎌倉殿もこれ以上問い質しても無理と判断された。なお、この従者は斬首した。よって、一緒に来られたお母上と共に京に戻って戴くことになった。但し、その前に、当代一の静御前の舞姿を是非見たいとの仰せだ」

静御前　「誠に有難いお話ですが、舞は嫌でございます。お断り申し上げます」

北条時政　「静殿は再三お断りされているが、御台所政子様のたっての願いでもある。このような寛大な御計らいは、御台所様のお陰と思ってもらいたい。帰京する前日の八日に、舞台を設け、鎌倉殿を始め重臣一同揃って鑑賞される。必ず舞ってもらいたい」

磯禅師　「静や、北条殿がここまで申されておられる。一刻も早く京に帰る為にも、お望み通りになされ」

静御前　「……そこまで仰せなら止むを得ません。そのかわり曲目は当日その場で披露致しまする」

同年四月八日　鎌倉八幡宮鶴岡社頭の舞台

政子　「まー、素敵な衣装。これが白拍子の装いなのですね」
大姫　「母さま、このような素敵な衣装は、初めて見ました」
静御前　「……されば舞を披露いたしまする……」

＝雅曲＝
「吉野山　峰の白雪踏み分けて入にし人の跡ぞ恋しき
　静や静しづの苧環(おだまき)繰り返し　昔を今になすよしもがな……」

頼朝　「この舞は無礼だ。関東を言祝ぐ謡でなく、反逆者義経を思慕するとは許せぬ！」
政子　「……御所様、お怒りは分かりますが、これが女の性なのですよ。昔、親の反対を押し切って、私たち二人が忍び逢った当時の、正に私の心境と同じですわ。どうぞ私に免じてお許し下さい」
頼朝　「御台にそう言われると、怒る訳にいかなくなるな。分かった許す。褒美をとらそう」
政子　「ただし、これは女の勘ですが、静は身ごもっている様子」
頼朝　「何、懐妊していると。さればすぐに京に帰す訳にはいかぬ。時政。こちらで子を産ませ、女子ならばよし、万一男ならば、可哀そうだが生かしてはおけぬぞ」

政　子　「大姫のこともあります。何とか寛大に許してやるわけにはまいりませぬか。我らの手元で育てれば……」

頼　朝　「手元で育てて裏切られた時の苦しみは筆舌に尽くし難い。不安の芽は初めから摘んでおかねばならぬ。この役は時政に命じる。御台は口を出すな」

同年七月二十九日　静御前、男子を出産

磯禅師　「おお、悲しや、生まれたのは、おのこじゃ」

静御前　「キャー！　いやです！　この子は誰にも抱かせませせぬ。かた時も離さず私が抱いて守ります。みな部屋から出て行ってください！」

…………………………

磯禅師　「静や、もう五日も赤子を抱いたまま臥せっておるが、赤子の体にも悪い。床の中も汗で汚れ異臭すらしますよ。赤子にも一度湯浴みをさせ、体を清めるゆえ一寸だけ母に赤子を渡しなされ。そなたも湯浴みして着替えておいで」

静御前　「はい、お母様……」

進三郎　「ごめん！　この子は貰っていく」

磯禅師　「あー！　静には危害を加えないでー！」

静御前　「あーダメー！　ゆるして！　連れて行かないでー！　アーッ！」

磯禅師　「静、静……許しておくれ……耐えておくれ……」
静御前　「かかさま、赤子が、赤子が……義経様の御子が……ワー！」
磯禅師　「静、静……耐えておくれ……私達の為にも、義経様の為にも……耐えておくれ……」

四．静御前と大姫

同年九月十五日　静御前の寝所

磯禅師　「静、北の政所様と大姫様がわざわざお見舞いに来て下さいましたよ。ささ、床を上げてお化粧を直して、ご挨拶申しあげなさい」
静御前　「……わざわざのお越し、ありがとうございます」
政　子　「本日は、大姫がどうしてもそなたと二人きりで会って話がしたいと言うので参りました。同じような境遇で、大姫もずっと塞ぎこんでおり、私も心配しているのです。私もしばらく席を外しますので、二人でよく話し合ってくだされ」
大　姫　「静様、実は私には最愛の許嫁（いいなずけ）がおりました。亡き木曽義仲様の御嫡男・義時様で、この鎌倉で一緒に育ち過したのです。義仲さまが敗れた後、父は私の反対を無視して、将来の禍根を無くすためとして、義時様を謀殺したのです。父は悪魔です……私は決して父を許していません」

静御前　「まあ、そうなのですか……それはおいたわしいことで……お話を伺い、正に私と同じ心境なのですね。私も胸が張り裂けるような悲しい想いをしております。同じですね」

大　姫　「本当にそうですね。でも、静様には愛しいお方がまだ生きておいでです。お羨ましい……」

静御前　「いえいえ、そのお方も今は鎌倉殿に追われて逃亡の身。何処においでか知りませぬが、明日をも知れない境遇なのです」

（義経様は奥州の平泉に行くとおっしゃったが、大姫様とて決して明かしてはならない）

大　姫　「静様、私はその方が何処におられるかを探りに来たのではありませぬ。最愛のお子様を亡くされましたが、もう一人義経様という最愛のお方が残っておられます……。いつになるか知りませぬが、またもう一度その方とお会いになられると良いですね」

静御前　「はい、ありがとうございます」

（そうだ、今まで我が子のことばかり想っていたが、私には義経様にもう一度お会いするという大事なことが残っている。同じ境遇にいる大姫様のお言葉で今、気が付いた。明日からはしっかりして、義経様と同じ道をたどれる体力を付けなければならない）

大　姫　「私はこの世に最早何の望みもないのです。いっそ死んでしまいたいと何度思ったことでしょう。立場上それもままならないので、今は病気になっても治らないよう、薬断ちをしているのです」

静御前「まあ、大姫様。そんな大事なお体で……おいでいただき、心から感謝いたします。大姫様のお言葉が身に沁みました。これからは、どんな時でもしっかり心に留めて生きてまいりますわ」

大　姫「私の方こそ、初めて心が通じ合うお姉さまのようなお優しい静様にお会いできて、本当に嬉しいです。私はこの絆をしっかり胸に抱いてまいります。聞けばいろいろの方々から戴いた土産の物を悉く八幡宮に奉納されたとのこと。その気持ちも良く分かります。でもここに手鏡が一つあります。出来れば、この手鏡だけは、私と思って持って行ってください」

静御前「ありがとうございます。私もお優しい大姫様とお会いでき、心より嬉しく思います。手鏡は喜んでいただき、大切にいたします。本日は誠にありがとうございました。御台所様にもよしなにお伝えください」

＝第五章　義経、奥州への逃避行＝

磯禅師

吉野山で静御前と別れた義経様は、当初奈良の多武峰（とうのみね）の奥の院に隠れましたが、そこも危険が迫り、興福寺や複数の寺の僧達の協力で比叡山の奥に隠れました。そこには郷御前も共に隠れており、文治二年（一一八六）六月には可愛い姫が生まれ、名を鶴姫と名付られました。

同年九月、義経様が比叡の奥に隠れているとの噂が鎌倉に知れ、義経様は弁慶を始め郎党十八名等と乳飲み子を抱いた郷御前を連れ、全員山伏と稚児に扮して奥州の秀衡殿を頼って比叡を出発したのでありました。しかし、途中には幾多の関所があり、それらを越えるには筆舌に尽くせない様々な試練が待ち受けておりました。

一方静御前は、礒禅師の故郷讃岐国、入野郷小磯に潜み、もう一度義経様に再会すべく、日夜ひたすら体力を鍛え、旅立ちの準備をしておりました。

一．義経、奥州への逃避行を決意

文治二年（一一八六）九月　比叡山・興福寺

義　経　「郷、ここ比叡山興福寺を中心に心ある人たちの支援のお陰で一年余り隠れ住んでいたが、鎌倉の追及が厳しく、いよいよここも危なくなってきた。幸い鶴も丈夫に育った。儂は明後日一族郎党を連れてここを出て、奥州の秀衡殿の所まで行くことにした。郷が河越へ帰るならばそれも良いと思うが、如何するか？」

郷御前　「私のいる所は義経様の所以外ございません。どこまでもついて参ります」

義　経　「噂では、河越殿と御嫡男重房殿は鎌倉御所への出仕を差し止められ、蟄居を命じられたそうだ。領地も没収の上、そなたの母の祖母である秩父の比企御尼の預かりとなったそうだ」

郷御前　「それはひどい仕打ちです。されど私の心は変わりませぬ。両親とも承知しております」

義　経　「されば、行く先は厳しいが、親子で一緒に参ろうぞ。弁慶出発の用意をいたせ」

弁　慶　「畏まって候。この度は全員山伏に扮して、監視の目が比較的届かないと思われる、北陸の山道を踏破することとします」

弁　慶　「御一同、只今説明したように、我らは全員山伏に扮して、鎌倉の眼を逃れて北陸の山道を踏破して平泉に行くことにした。山伏であることから、それぞれ山伏らしい名前を付けねばなりません。某（それがし）は羽黒の別当の坊にいる荒讃岐阿闍梨（あらさぬきあじゃり）に似ているので、荒讃岐坊（あらざぬきぼう）と名乗る。

我が君は大和坊です。その他の方々は、例えば片岡八郎殿は京ノ坊、伊勢義盛殿は宣旨坊、熊井忠基殿は治部坊等々です。
　北の方様は稚児に扮し、郷行坊とお名乗り下さい。他の方々は、それぞれ自分で良い名を考えてくだされ。なお、山伏が唱える呪文は『臨・兵・闘・者・皆・陣・列・在・前』と申し、こうして、人差し指と中指を立てて刀印を結び、横・縦と交互に切りながら、気合いをかけるように唱えるのです。
　我らは総勢十八名、鶴姫様を加えれば十九名ですが、姫は赤子ですので名無とし、羽黒神社で名前を賜ることとします。最初の目的地は琵琶湖の南端にある澳津の浦（現・滋賀県大津市大津町）としここから夜陰に船で渡り北へ向います。されば出発だ！」

義経　「我と共に来る武士は、更に亀井六郎重清、鈴木佐三郎重家、鷲尾三郎義久、依田弘綱、御厨喜三太、駿河次郎清重、黒井次郎景次、備前平四郎成春、伊勢三郎等であるな」
（全員付いて来てくれるとはありがたい。何としてでも平泉にたどり着き、秀衡殿のお力添えで再起し、鎌倉の兄に儂を認めさせてやらん）

一同　「オー」

二、義経、京を出る

同月　琵琶湖・澳津の浦

荒讃岐坊（弁慶）「ここからは某、荒讃岐坊が頭でござる。我が君を初め皆は、全て某が許すまで人と話してはなりませぬ。我等はこれより夜陰に紛れて、澳津の浦にまいる。澳津領主の山科左衛門殿は我等の味方。ここから船で琵琶湖の北の岸に渡ります」

山科左衛門「弁慶殿、密かにお待ち申しておりました」

荒讃岐坊（弁慶）「山科左衛門殿ありがとうござる。某は荒讃岐坊と名乗っており、わが君義経様は大和坊と名乗っております」

山科左衛門「大和坊様、我らは味方です。そこに大津次郎と言う知合いの船頭が船を仕立てて待っております。いざご乗船下され」

大和坊（義経）「山科左衛門殿ありがとうござる。このような姿で残念だが、ご恩は忘れませぬ。されればお言葉に甘えさせて戴きます」

大津次郎「船頭の大津次郎です。夜間で明かりもありませんが、琵琶湖は儂の庭と同じです。幸い今宵は波もなく穏やかですので安心して乗船くだされ。一刻程で北の岸の海津浦（現・滋賀県マキノ町）に着きます」

京ノ坊（片岡）「おー、湖の水は暗いが、船の舳先の波が対岸の明かりに映えて白く輝いておる。波荒讃岐坊（弁慶）　もなく穏やかで、水面を滑るように進んでおる」
「おー、無事着き申した。大津次郎殿かたじけのうござった。さあ、皆下船して集合だ。ここより関所を避けて愛発山（あらちやま）（現・福井県敦賀市）を越えて越前国（現・福井県東部）に入り申す。この山道は険しく、倒木や雑木で覆われて途中右下が断崖の所もある。郷行坊と大和坊を先頭に、年取った者が前、若くて屈強の者は最後尾についてもらう。途中山賊が出るかも知れぬ。三名程屈強の者が先行し、物見をしてもらいたい。最後尾は殿を頼む」

一　同　「承知」

郷行坊（郷御前）　「愛発山とは面白い名ですね。何か由来があるのですか」

荒讃岐坊（弁慶）　「その謂れ（いわれ）は、加賀の国の下白山にある竜宮に祀られた女神が滋賀の唐崎明神に見染られて夫婦となり、唐津で子を宿したのですが、自分の里で子を産もうと思い帰る途中、この山の頂上で産気づきお産をした時に、お産の血を山頂にこぼしたことから、あら血の山と言う名がついたと聞いております」

郷行坊（郷御前）　「まあ、それは大変めでたい山なのですね。私の鶴姫の出産を祝ってくれているようで嬉しいです。それにしてもきつい山道です。少し休ませて下さい」

荒讃岐坊（弁慶）　「もう少しで頂上です。宣旨坊殿、郷行坊の手を引いてあげてくだされ」

宣旨坊（伊勢）　「承知。さあ私の手におつかまり下され」

郷行坊（郷御前）　「かたじけのうございます」

荒讃岐坊（弁慶）　「陽も昇り、漸く愛発山の頂上に着き申した。ここで休憩して　朝餉をとらんと思います。それぞれ左衛門殿が作ってくれた握飯を食したまえ」

大和坊（義経）「郷行坊疲れたであろう。大丈夫か？」

郷行坊（郷御前）「これでも武家の出ですので大丈夫です。大和坊様は大丈夫ですか？」

大和坊（義経）「儂は鞍馬で育った故、山道はなれたものじゃ。されば朝餉にしよう」

郷行坊（郷御前）「その前に、あの木の陰で鶴姫に乳をあげてきます。おー、よしよし」

三．危機を脱する大芝居

同年十月二十日　如意の渡し

宣旨坊（伊勢）「おー、海が見えて来ました。関東の海と違い色が濃くて波が荒いですな」

荒讃岐坊（弁慶）「怪しまれないため、途中で馬を売り払い徒歩で来たので、日にちがかかり申したが、ここが如意の渡しです。あの船に乗って渡ります」

平権守（渡し守）「あいや待たれい。このように大勢の山伏が何処へ行かれる？」

荒讃岐坊（弁慶）「我らは熊野神社の勧進で羽黒山の神社に仏像を収めにまいる一行でござる」

（しまった。ここは何としてもごまかして、通り抜けねばならない）

平権守（渡し守）「鎌倉より、義経なるくせ者が山伏に扮して逃亡しているので、見つけ次第通報せよとのお布令が出ておる。そなたたちの中にそのような人物はいないか？」

荒讃岐坊（弁慶）「勿論おらぬ。貴殿は羽黒山の讃岐阿闍梨(さぬきあじゃり)である儂の名を知らぬのか？　見知っておるはずだが」

平権守（渡し守）「おお、強面のこの顔じゃ。確かに見知っておるような気がする。されば船に乗りなされ」

荒讃岐坊（弁慶）「ありがたい。されば渡しの安全を祈願して祈禱して進ぜる。『臨・兵・闘・者・皆・陣・列・在・前』……」

平権守（渡し守）「かたじけない。むむむ、待たれい。最後尾におる者は鎌倉から知らせのあった、義経なる者に風貌が似ておるが確かめたい」

荒讃岐坊（弁慶）「なにを。我らの中には怪しい者はおりませんぞ。こら大和坊、貴様がなまじそのような者に似ているから我等全員が迷惑するのだ。ぶん投げて打ち据えてくれる。こ奴め許せぬ。これでもか！　これでもか！」

平権守（渡し守）「待たれよ荒法師殿。そのように激しく扇で打擲(ちょうちゃく)したらその者が倒れてしまうぞ。相分かった。主人の判官殿をこんなに打ち据えるとは考えられない。人違いだと納得した。止められい」

荒讃岐坊（弁慶）「なに、分かってくれたか。ありがたい。これ大和坊さっさと起き上がり、船に乗れい」

平権守（渡し守）「待てまて、船賃を払ってから乗られい」

荒讃岐坊（弁慶）「何を！　僧侶や山伏など神に仕える者からは通行料を取らぬが古くからの習わしである。何故に払わねばならぬ」

平権守（渡し守）「お主のような乱暴者には通行料を取るのが妥当である。嫌なら乗せる訳にゆかぬ」

荒讃岐坊（弁慶）「やむを得ない。気に食わないが取っておけ」

平権守（渡し守）「やや、ありがたい。さればそこの稚児殿。先程打擲された者の治療費だ。取ってゆかれい」

郷行坊（郷御前）「ありがとう存じます」

荒讃岐坊（弁慶）「ふん、それでは同じではないか。『臨・兵・闘・者・皆・陣・列・在・前』……」

・・・・・・・・・・・・・・・・・

荒讃岐坊（弁慶）「……対岸に着き申した。やむを得なかったとは申せ、我が君の頭や体を打擲しましたのは万死に値いたします……誠に申し訳ございません。ワーこの通り……お詫び申し上げます！」

大和坊（義経）「よいよい、お陰で助かった。弁慶もう泣くな」

宣旨坊（伊勢）「これは弁慶殿一人の咎（とが）ではありませぬ。我々みんなの咎であります。一同伏してお詫びいたします。咄嗟の出来事ゆえ、弁慶殿をお許しください。ウ、ウ……」

郷行坊（郷御前）「弁慶殿、お顔をお上げください。殿も申しておられますように、むしろ感謝しているのですよ。このように皆が泣くから、めったに泣かない鶴姫まで泣き出してしまいました」

大和坊（義経）「その通り、素晴らしい機転だった。尻を叩かれたのは鞍馬の天狗以来だ。鬼の弁慶にも涙か、ハハハハ……」

一　同　「ワハハハ！」

四．弁慶の髭剃り岩

同月　親不知・子不知

荒讃岐坊（弁慶）「ここが世に言う親不知・子不知の難所とのことでござる。絶壁が海まで張り出しており、崖の下の波際に人一人がやっと通れそうな道がござる。大波が来ると波に巻き込まれて海に落ち、親子でも我が身を守るのがやっとで、助けられないとのこと、正に『親知らず、子知らず』でござる。先程、波除不動観音に無事を祈り申したので、きっとご加護がござろう」

大和坊（義経）「郷行坊、沖合に黒い筋が見えたら、それが盛り上がり大波になる前兆とのこと。所どころに波避けの窪地があるので、波が来る前にそこまで急いで渡るのがコツとのことである。皆良く聞け、三人一組の列を作って渡る。最初に儂と郷行坊と宣旨坊とする。年長者と脚の弱い者が前、屈強の者は後ろ。荒讃岐坊は殿（しんがり）をしてもらいたい」

一　同　「承知しました」

大和坊（義経）「郷行坊、この一尺の紐を摑め、儂が引いてやろう。宣旨坊、笈（おい）に鶴姫を入れてしっかり口を塞ぎ、肩に担いで後に続け。くれぐれも落とすでないぞ」

宣旨坊（伊勢）「心得て候」

大和坊（義経）「さればまいらん。最初に目指すは、あの先の岩陰だ」

郷行坊（郷御前）「はい、確認しました。宣旨坊殿、鶴を頼みますぞ」

宣旨坊（伊勢）「は、命にかえてもお守り致します」

治部坊（熊井）「おー！　時々来る大波が岩をかみ砕き、崖に激しくぶつかり、白く砕け散っている。なんと恐ろしい所だ。途中で波が収まらず、七日も岩にしがみついたという者もいたそうな」

京ノ坊（片岡）「親不知・子不知の由来は、平清盛の弟、頼盛の北の方が、頼盛の後を慕ってここを通りかかった折、大波が来て懐に入れた赤子を取り落とし、波にさらわれてしまったため、悲しみのあまり詠んだ、『親知らず 子はこの浦の 波まくら 越路の磯の あわと消えゆく』という歌が由来になったそうな。昔からの難所だそうだ」

郷行坊（郷御前）「これは、暴れ馬より怖い。南無阿弥陀仏……」

・・・・・・・・・・・・・・・・・・・・・・・・・

大和坊（義経）「やっと渡り終えた。皆無事か？」

宣旨坊（伊勢）「おや、荒讃岐坊殿、顎から血が出ておりますぞ。自慢の髭が少し削れたようで」

荒讃岐坊（弁慶）「儂が殿（しんがり）であったが、最後に大波が来て、波にさらわれないよう、そばの岩にしがみついていたらこうなったのよ」

大和坊（義経）「それは大変であった。されればその岩を『弁慶髭剃り岩』と名付けようぞ」

一同「ワハハハハ！」

【義経の奥州逃亡ルート】

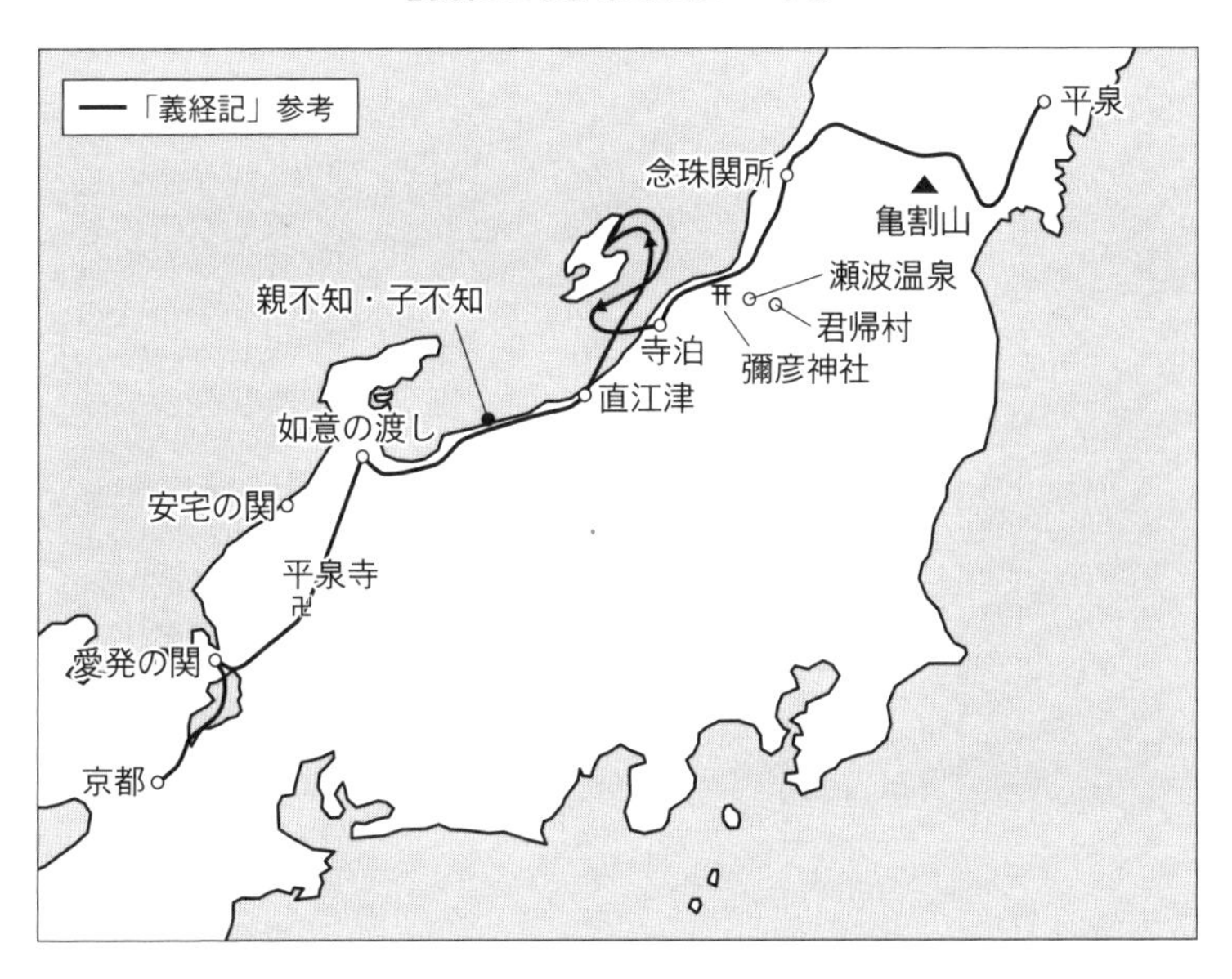
―「義経記」参考
平泉
念珠関所
亀割山
瀬波温泉
親不知・子不知
寺泊
君帰村
彌彦神社
直江津
如意の渡し
安宅の関
平泉寺
愛発の関
京都

＝第六章　直江津での危機＝

磯禅師

義経様は、何とか親不知・子不知の難所を抜け、漸く越後の直江津と言う所に辿り着きましたが、ここでも湊の代官に怪しまれ、様々詮議を受けましたが、弁慶の機転で何とか危機を脱することができました。

それで、陸路を止めて、捕り手が追っての来ない海路で出羽の国へ行こうとしたのですが、またまた暴風に見舞われ、佐渡沖まで流されたのでありました。

果たして義経様の運命は……。

一．湊の代官、義経の荷を検める

文治二年（一一八六）十月　直江津 湊の観音堂

荒讃岐坊（弁慶）「越後の直江津と申す湊の村に着き申した。途中険しい道や関所も多くあることから、ここで船を仕立てて海を渡り、出羽国まで参りたいと存じます。この近くに観音堂がござる。この観音堂は、昔奥州に行く途上の源義家様と頼義様が、戦勝祈願に守護の観世音菩薩を奉安したところでござる。我らはここで休んだ後、手分けして船を探してきますので、我が君とお方様はここで、我らが戻るまで待って戴きたい」

大和坊（義経）「心得た。宜しく頼む。郷行坊は大丈夫か」

郷行坊（郷御前）「はい、ありがとうございます。丁度鶴姫がむずかっておりましたので、おしめを替えて、乳をのませたいと存じます」

大和坊（義経）「うむ、鶴姫が少しも泣かず大人しく背負われてくれているので助かる。昨夜船中で霊夢を見た。『これから行く観音堂の横に池がある。その池に儂の兜を投げ入れよ。さすれば鎌倉からの討っ手から逃れられるであろう』とのお告げであった」

荒讃岐坊（弁慶）「それは重畳、正にこの観音堂でござりましょう……ご覧じろ、あらに池があります。さればあの池に殿の兜を納めましょうぞ。某に続いて皆で祈禱致しましょうぞ」

大和坊（義経）「我、判官源義経は、神のお告げに従い、我が兜をこの池に捧げます。何卒今後とも

山伏全員　神のご加護をお祈り申し上げます」

　「ノウマクサマンダバザラダン、センダマカロシャダソワタヤウンタラカンマンむっむつむつ、かんかん、そわかそわか、おんころおんころ般若心経……」

荒讃岐坊（弁慶）「これで祈禱は済み申した。されば我らは船を探してまいります」

大和坊（義経）「うむ、宜しく頼む……郷、儂は疲れた、少し横になる。弁慶達が戻ったら知らせてくれ」

郷行坊（郷御前）「はい、分かりました。ゆっくりお休み下さい」

同日　直江津 湊の奉行所

浦権守（湊の代官）「先程百姓の一人から、大勢のあやしい山伏が湊の方へ行ったとの知らせが入った。もしかして鎌倉より通達があった義経一行かも知れぬ。手分けして探せ」
捕り方一同「ははっ。それ、浜の方に行くぞ。百姓案内しろ」
百　姓「へい、こちらでごぜいやす」
捕り方「代官様、怪しい山伏が観音堂にいたとの知らせがあります」
浦権守（湊の代官）「よし、でかした。すぐに観音堂を取り囲め」

同日　湊の観音堂

郷行坊（郷御前）「外が騒がしい。何かしら。まあ！　捕り方だ！　殿様、義経様起きてください。捕り方が沢山お堂を囲んでいます！」

大和坊（義経）「なにを！　捕り方だと。しまった！　弁慶達はまだもどらぬか。やむを得ない。ここは儂が対応するので郷は奥に隠れておれ」

浦権守（湊の代官）「お堂の中の山伏に申し上げる。某は直江津の湊を守る代官である。問い合わせたい儀があるので、堂の外に出られい」

大和坊（義経）「どーれ。何事でござるか。我らは羽黒山神社の勧進の為ここへ立ち寄った山伏の一行で、儂は大和坊と申す者でござる。只今お頭の荒讃岐坊殿を始め皆村へ勧進に行ってござる。儂ではお応えでき申さぬ故、お頭がまいり次第お応えいたす。それまでお待ちくだされ」

浦権守（湊の代官）「なに、荒讃岐坊とな。そのような者は知らぬ。帰る前に堂の中を改めるぞ」

大和坊（義経）「それはならぬ。中には笈に入った仏体があるのみにて。勝手に入れば、羽黒山神社の罰が当たりますぞ！」

浦権守（湊の代官）「なに、仏体とな。待て待て奥に稚児らしい者がおるが何者だ」

大和坊（義経）「この者は仏体にお祈りする際、舞を披露する稚児でござる。おー、頭の荒讃岐坊達が戻って来た」

（よかった！　間に合ったか。助かった）

荒讃岐坊（弁慶）「大和坊如何致した。この騒ぎは何だ。なに湊の代官だと。代官は関所におるはず、こんな所に出てくるはずがない」

浦権守（湊の代官）「これ、その方が頭か。某はこの湊の代官浦権守である。お主がこの者達の頭か」

荒讃岐坊（弁慶）「いかにも某は羽黒山の神社より各所に勧進するためまかり越した荒讃岐坊と申すも

ので御座る。このように町人や百姓まで動員して、何の詮議でござるか。越後の国府、直江津の守護殿は本日不在と伺っておるが、直江津の守護殿の手の者でござるか」

浦権守（湊の代官）「いかにも、某はこの湊を預かる代官の浦権守と申すものでござる。確かに民百姓は関係なきものの故すぐに立ち去るよう申し伝えよう。これ、捕り方を残し、他は立ち去るようにせよ」

（なに、直江津の守護殿を存じているのか。これではあまり手荒なことは出来ないな……）

浦権守（湊の代官）「我らは鎌倉殿より『判官義経なる者を見つけ次第捕縛するよう』との達しを受け、見慣れぬそなたたちが本物の羽黒山の山伏かどうか確認に来たのだ。本物だという証しを見せよ」

荒讃岐坊（弁慶）「儂が羽黒山では知る人ぞ知る荒讃岐坊と申す山伏である。はてさて、一人でも見知らぬ者がおらぬとは残念」

浦権守（湊の代官）「されば、荷物の中身を改める。その笈を一つ渡されい」

荒讃岐坊（弁慶）「勝手にせい。ほれ投げるので受け取れ。ただし中を改める際、お主のような不浄な者が触ると、仏体の怒りが発し、お主にとんでもない災いが降りかかるやも知れぬぞ。それは全ておのが身から出た錆だぞ！『臨・兵・闘・者・皆・陣・列・在・前』……」

（エイ、最初は小道具の荷物じゃ！）

浦権守（湊の代官）「うむ、固く結んであるな……これは何だ。中身は、金剛鈴（こんごうれい）や香炉、独鈷（とっこ）の他、折烏荒讃岐坊（弁慶）帽子や櫛や、胸掛けの飾り帯、かつら、紅色の袴重ねの衣、手鏡等ではないか」

「お主は何も知らないのだの。これは、ここにいる稚児の化粧道具や、羽黒におられる巫女殿が、ここに持ってきた三十三体の聖観音様をお納めする時にお召しになり、舞う衣装だ」

浦権守（湊の代官）「相分かった。さればもう一つ別の笈を検分する」

荒讃岐坊（弁慶）「えい、まだ分からぬか。それならこれはどうだ。ほん投げてやるから受け取れ。それっ」

浦権守（湊の代官）「ワーッ重い。中でガラガラ音がするぞ。ウーム口の結び目が固く結んでありほどけないな」

宣旨坊（伊勢）（ワーッあれは某の荷物だ。中に鎧兜（よろいかぶと）が入っている。南無三……）

荒讃岐坊（弁慶）「オー、中でガラガラ音がしたぞ。ほれ見たことか！　中の仏様がお怒りになっておる！　お主の身に禍が降りかかるぞ！『臨・兵・闘・者・皆・陣・列・在・前！』……」

山伏全員『臨・兵・闘・者・皆・陣・列・在・前……』

浦権守（湊の代官）（ワーッ、手が震え、冷や汗が出て来た……やはり止めよう……）

「……分かった。疑いは晴れた。早々に立ち去られい」

荒讃岐坊（弁慶）「何と理不尽な物の言いようかな。お主が勝手に疑って、今度は疑いが晴れたから行けとは！　ご神体がお怒りになっている。それ、ご覧（ろう）じろ、お主の額に脂汗がにじみ出ておる！　これはお主の体に禍の種が宿った証拠だぞ。我等もそう簡単に受け取れぬ。これら笈の中の仏体と、このお堂全体のお怒りを鎮めるための祈禱をしなければならないが、どうする」

浦権守（湊の代官）「これは困った。許してくれ。如何すれば宜しいであろうか」

荒讃岐坊（弁慶）「それには羽黒山神社にお願いし、祈禱者を派遣してもらい祈禱してもらわねばならぬが。御山から派遣してもらうと破格な祈禱料が必要になる。普通の習わしでは、御幣代として、檀紙百帖、白米三石三斗三升、黄金五十両、馬七匹、粗こも百枚等々である。お主にそれが用意できるか」

浦権守（湊の代官）「とんでもない。殿様ならできようが、一介の代官ごときに納めることなどできるはずはござらぬ。荒讃岐坊殿のお情けで何とか助けてくれまいか」

荒讃岐坊（弁慶）「さればここにいる山伏全員の祈りで権現様にお許しを願うとして、どれくらい用意できるか」

浦権守（湊の代官）「某ができるだけのことをして、米三石、白布十反、黄金十両と馬一頭でお許しいただきたい」

荒讃岐坊（弁慶）「宜しい。されば、皆にて般若心経を納め、更に山伏の呪文を唱えてしんぜよう。皆で祈禱をしようぞ」

山伏全員「ノウマクサマンダバザラダン、センダマカロシャダソワタヤウンタラカンマン……むっむつむつ、かんかん、そわかそわか、おんころおんころ般若心経……」

荒讃岐坊（弁慶）「これで権現様の御怒りはとけ申した。さればそれらの供物を代官殿の取り計らいで羽黒へお届け願いたい。その際に某の名前を忘れずに告げるがよい」

浦権守（湊の代官）「誠にありがとうござった。このことは我が殿には何卒ご内聞にお願い申す」
荒讃岐坊（弁慶）「心得た。さればこれにてお別れ致す。『臨・兵・闘・者・皆・陣・列・在・前』……」

・・・・・・・・・・・・・・・・・・・・・・・・・

宣旨坊（伊勢）「村はずれに来申した。いやー、荒讃岐坊殿が、某の笈を代官に投げ与えた時はビックリし申した。あれには某の甲冑が入っておりました」
荒讃岐坊（弁慶）「某もしまったと思いましたぞ。道理で重かった。でも投げた時音がしたので、咄嗟に一芝居打ったのでござる」
大和坊（義経）「弁慶の役者ぶりはいつも驚かされる」
郷行坊（郷御前）「ほんに、私もいつ舞を舞えなどと言われはしないかヒヤヒヤしておりました」
荒讃岐坊（弁慶）「そうか、お方様の舞は久しく見ておりませんでしたので、うっかり忘れておりましたぞ……」
一　同「わははは……」

二．日本海での暴風雨

同日　船にて出羽を目指す

京ノ坊（片岡）「ところで、湊の外れで大きな船が一艘、持ち主もない様子で繋がれておりました」

大和坊（義経）「それは重畳。されば夕方になったらその船を奪い、海路で出羽方面に行こうぞ。海には関所がないから安全だ」

・・・・・・・・・・・・・・・・・・・・・・

荒讃岐坊（弁慶）「京ノ坊の言う通り、これは良い船だ。さあ皆乗って下され。風は順風につき、帆を上げて進みましょうぞ」

宣旨坊（伊勢）「外海に出申した。おう、外海は結構風が強く波が荒いぞ。夕方になり、山から吹き下ろす風が強くなった。あれは何という山かな」

荒讃岐坊（弁慶）「あれは確か妙高山と申す山で、あの三つの山の真ん中にある山が越の中山とか妙観音岳とか申し、富士の山に似ているので、越後富士とも呼ばれる聖地で、行者が修行する場でもあります」

郷行坊（郷御前）「山風を受けて航路も順調ですね。おー、海岸にせり出した山肌が見えて来ました。

荒讃岐坊（弁慶）波が岩にぶつかり、白く砕けている様は恐ろしいほど美しいですね」

「あれは角田山と申します。左の沖をご覧じろ、北の方に粟島が見えて来ました。先程遠くに聞こえた鐘の音は、能生の村田家に先達の常陸坊海尊が一泊した時に聞いた、海の安全を祈願して追銘した鐘の音で、能生の『汐路の鐘』と申し、船の位置を知ることができ申す……おや、急に風が止まったぞ」

京ノ坊（片岡）「これはいかん。風向きが変わった。逆風となった。嵐になるぞ。辺りが暗くなってきた……帆を降して力を合わせて櫓を漕がん。各々方頼み申す」
一　同「おー、皆で力を合わせて漕ぐぞ……エイ、エイ、エイ！」
荒讃岐坊（弁慶）「ワー！　波が益々大きくなり収まらない。益々酷くなるっ！」

宣旨坊（伊勢）「オー、島が見えました。あれは佐渡島と言う、大きな島だ」

大和坊（義経）「どこでもよい。陸につけよう！　もう限界だ」

京ノ坊（片岡）「ワー！　断崖がせり出しており、波が激しく打ち付けられており、船を着けられるような所が見当たらない……ウワアー！　また逆風だ。船が島から離れていく！　このままでは海に沈みそうだ！……」

大和坊（義経）「うーぬ、これは平家の怨霊か！……南無八幡大菩薩、儂の大刀をさし上げるので、この嵐と波を静めたまえ！」

郷行坊（郷御前）「南無八幡大菩薩、それに都におります静様！　白拍子の舞を舞って波を静めて下されー！　私の舞の袴と手鏡を海に捧げます。嵐よ止んでくだされー！』
一　同「ワー！　船首が波にぶつかり、呑み込まれそうだ！　全員力いっぱい漕げ、船を波荒讃岐坊（弁慶）　と真向いにしろ！　漕げ、漕げー！」

荒讃岐坊（弁慶）　「オーオー空が白んできた……我が君と、お方様の願いが通じたぞ！……朝方になってようやく波が静まり、順風になり申した。助かった！　オー、前方に陸が見えます……どこか分からんが、一同最後の力を振り絞って陸に近づこうぞ」

全　員　「エイエイエイ……」

大和坊（義経）　「おー、やっと着いた。ここはどこだ。浜に着いたら、先ずは船を隠す場所を探さねばならない。おー、あちらに漁師がいる。宣旨坊、ここはどこか聞いてまいれ。その間に我らは船を隠す場所を探す」

宣旨坊（伊勢）　「心得ました。わー、足がまだ地に着かずフラフラする……まだ波に揺られているようだ」

京ノ坊（片岡）　「荒讃岐坊殿、この浜のはずれの方に崖がある様子。岩陰に隠す場所があるか……船をそちらに回してくれまいか」

荒讃岐坊（弁慶）　「おー、ここに手頃な洞窟がござる。この中に入れて隠せば捕り手も気が付かないと存じる。早速入れ隠してから先ほどの浜まで歩いて参ろう」

一　同　「心得た。櫓をこいでそちらに近づけるぞ。エイエイ」

同日　越後の浜 寺泊

宣旨坊（伊勢）　「お尋ね申す。この地は何と言う所でござるか」

漁　師　「ここは越後の寺泊と言うだがね」

宣旨坊（伊勢）「寺泊となな、ありがとうござった。おうー、我が君を始め皆が浜伝いにこちらに歩いてくる……我が君、ここは寺泊という所だそうです」

荒讃岐坊（弁慶）「なに寺泊とな。されば当初の目的地でござる。これは神のお導きにて、我が君とお方様が海の神に祈って戴いたお陰でござる」

大和坊（義経）（うぬ、本当はこのまま山形まで船で行きたかったのだが、もはや皆疲れて限界に近い、少しでも元気づけなければなるまい）

郷行坊（郷御前）「それはありがたい。天はまだ我を見捨てなかったか！」
「なんとありがたいことでしょう。むずっていた鶴も安心したのかスヤスヤ寝ていますよ」

大和坊（義経）「荒讃岐坊、儂も郷も疲れてへとへとだ。海水を浴びて体中べとべとしてかなわん。早く湯に入りたい。何処かに暫し休む所が無いか。探してくれまいか」

宣旨坊（伊勢）「荒讃岐坊の風情を見たら皆怖がって断られると思います。某と京ノ坊が先行し、あちらにいる村人に聞いて参ります」
（宿屋や茶屋は駄目だし。これだけの人数を引き受けてくれる家があるだろうか。あちらから歩いてくる漁師に事情を話して、聞いてみよう）

宣旨坊（伊勢）「お早うござる。突然の挨拶で痛み入る。我らは羽黒山神社から諸国に勧進に来た者達で、昨夜嵐に遭い、今朝この浜に漸く船で着いた次第で難儀してござる。どこかにゆっくり休ませてくれる家はござらんでしょうか」

漁　師「おはようごぜいます。それは難儀なことでしたな。あんなに多人数が泊まれる家は何処にもねえですが……あそこに見える屋敷ならばええかもしれません。五十嵐甚平という信心深い人がおりますんで、聞いてみればいいがね」

宣旨坊（伊勢）「それはかたじけのうござる。早速行って聞いてまいろう……」

・・・・・・・・・・・・・・・・・・・・・・

宣旨坊（伊勢）「ごめんくだされ。某は、羽黒山神社の勧進で諸国を回っている宣旨坊と申します。直江津の湊から船で出羽の鶴岡に渡ろうとしましたが、昨夜嵐に遭い、ほうほうの体で今朝この浜に着き申した。赤子を入れて総勢十九名ですが、全員疲れ切って難儀してござる。しばらくこちらで休ませては貰えないでしょうか?」

甚　平「それはそれは災難でしたな。ほなら、我が家の安全祈禱をしてくれれば、何日でもここに泊まってもいいがね」

宣旨坊（伊勢）「ありがたい。祈禱は我らの頭の荒讃岐坊が有名な祈禱師でござる。早速皆に知らせて参ります」

・・・・・・・・・・・・・・・・・・・・・・

荒讃岐坊（弁慶）「おー、宣旨坊と京ノ坊が戻って来た。手を振っておるから、良い報せのようだ」

宣旨坊（伊勢）「我が君、荒讃岐坊殿、そこに見えます屋敷に住まう、五十嵐甚平と言う庄屋が、泊まって良いと言ってくれました。但し、家の安全祈禱をしてもらいたいとのことなので、我等には有名な祈禱師の荒讃岐坊が居ると答えたところ、喜んで何日でも泊まって良いとのことでありました」

荒讃岐坊（弁慶）「それは良かった。祈禱師の荒讃岐坊殿、宜しく頼みますぞ」

大和坊（義経）「祈禱はお手のもの。されば数日世話になり疲れを癒そうぞ」

一　同「ありがたい。久しぶりに畳の上で眠れるぞ」

・・・・・・・・・・・・・・・・・・・・・・

甚　平「良くおいでなさった。すごく難儀したそうだがね」

荒讃岐坊（弁慶）「某が祈禱師の羽黒山伏荒讃岐坊でござる。全く大変な嵐で難儀し申した。されど我らの祈禱で海もおさまりこうしてこの地に無事辿り着き申した。聞けば庄屋殿にも、何やら難儀なことがあるとか。早速祈禱を致そうと存ずるので、神棚の前に案内してくだされ」

甚　平「それはありがとうござぜます。おーい、誰か足洗の桶をいくつか持ってこ。ささ、こっちの仏間でござぜます」

荒讃岐坊（弁慶）「むむ……庄屋殿、これは神棚の位置が違っておるぞ」

甚　平「はー、位置がかね」

荒讃岐坊（弁慶）「神棚や仏壇は日のさす東向きか南向きにする。こちらは南向きであるからまだよいとして、一番まずいのは仏壇の上に神棚が祀られていることだ。これでは神と仏が喧嘩してしまいますぞ。神棚を仏壇の右方に移動せねばならぬ」

甚平　「はー、そうだかね」

荒讃岐坊（弁慶）「それに、神饌の置き方も間違っておる。米、水、塩の供物は良いが、お神札の納め方が間違っておる。この神棚は三社造りであるから、本来伊勢神宮のお神札が中央、氏神神社が向かって右、崇拝神社が向かって左になるところ、伊勢神宮のお神札が左になっておる。これはすぐに正さねばならぬ」

甚平　「それは初めて聞いたがね。すぐに直しますだがね。神棚の場所は自分ではできないので後で宮大工を呼んで直すがね」

荒讃岐坊（弁慶）「それならばよかろう。されば我等全員で祈禱せん。『臨・兵・闘・者・皆・陣・列・在・前……ノウマクサマンダバザラダン、センダマカロシャダソワタヤウンタラカンマン……むっむつむつ、かんかん、そわかそわか、おんころおんころ般若心経』……」

甚平　「大変ありがとうございました。そんだば離れの部屋と大部屋を皆で使ってくでせい。何日泊まっても良うございます」

荒讃岐坊（弁慶）「それはかたじけない」

甚平　「うんだが、悪うけども、風呂が一つだけで、母屋の方しかねえですが、いいだろかの」

荒讃岐坊（弁慶）「それは仕方ないが、いま離れの部屋を見ると広い中庭があり、古井戸も近くにあるので、これを掘り直し、この中庭を造作して我等が使える湯場を作ってもよろしければ、助かり申す」

甚　平「勿論でござます。神棚のことも教えてもろて、祈祷もしてくれたので、何でも使うてもいいだがね」

荒讃岐坊（弁慶）「かたじけない。皆の衆、御主人の許可が出たので早速湯場を造ろうぞ。儂は井戸の中を掃除し、使えるように致す。お主等はふろ場を造り、釜で湯を沸かしてくれ」

一　同「心得申した」

・・・・・・・・・・・・・・・・・・・・・・・・

荒讃岐坊（弁慶）「我が君、それにお方様、粗末ですが庭に湯場ができ申した。竹矢来で囲ってあります。お疲れを直すにはお湯に入るのが一番です。姫様も慶びましょう。先にお使いくだされ」

大和坊（義経）「それはかたじけない。郷、早速湯浴みをしようぞ」

郷行坊（郷御前）「はい、ありがたいことです。鶴もよろこびましょう。殿の背中もお洗いいたしましょう」

大和坊（義経）「うむ、旅に出て初めてゆっくりできそうじゃ」

荒讃岐坊（弁慶）「我が君の湯浴みが済んだら、我等も順次湯浴みを致そうと存ずる。なお、これからは三人一組で怪しいものが居ないか、順次屋敷の周りを見張りたまえ」

＝第七章　越後から出羽へ＝

磯禅師

嵐の海を漸く乗り越え、寺泊に漂着したのは正に奇跡。神のお恵みでありました。当初は船で出羽の念珠関に近い鼠ヶ関湊まで行くつもりだったのです。

寺泊では庄屋の甚平に歓待され、しばらく滞在した後、一行は寺泊を出て、近くの国上寺を参拝していたところ、誰かの密告で捕り方が探しているとの急報でそこを離れ、越後の一宮である彌彦神社をお参りし、更に南の山奥の村に隠れたのです。

その村の人々は義経様一行を敬い、村を挙げて歓待してくれ、別れの際は村人全員が見送ってくれました。義経様も村人に深く感謝したのであります。村人は義経一行との別れを惜しんで、以降その村を「君帰村（きみがえりむら）」と呼ぶようになりました。

村を出た義経様一行は馬にて越後の国の海沿いを出羽の鶴岡を目指して北上したのですが、あちこちで討っ手が迫り、大変難儀をしたのでありました。

一．君帰村

文治二年（一一八六）十一月　彌彦神社参拝

荒讃岐坊（弁慶）「ここが彌彦大明神を祀る神社でござる。ここは越後国の一宮で、その昔天照大神の曾孫にあたる高倉下命（たかくらしものみこと）の夢に天照大神が現れ『大和の国造りの為戦っている孝安天皇が重い病にかかっている。我が父君、饒速日命（にぎはやひのみこと）が使ったこの師御霊剣（ふつのみたまのつるぎ）を天皇に献じよ』と告げられ、驚いて雨戸を開けて庭を見たら、一羽の鶴が飛び立ち、一振りの剣が残っていたので、早速それを天皇に献じたところ、たちまち病が完治し、天皇は大和の国を平定することができたとのことでござる。天皇はこれに深く感謝し、この彌彦山に一の宮を建て、高倉下命を神主とし、この剣を祀ったのが起源とのことでござる。この宮の尊さは、万葉集の歌にも詠まれてござる」

大和坊（義経）「なんと由緒あるありがたい神社であるな。儂もこの軍扇を奉納し、これからの無事を祈って参ろう」

郷行坊（郷御前）「まあ神代の時代にまで繋がる、由緒ある神社ですのね。それに景色も素晴らしい。北に広がる海、あれが佐渡島ですね。左右に伸びる海岸線と越後の広い平野。南にはどっしりとした山々が連なり、素晴らしい景色です。昨夜静様の夢を見ました。願わくはこのお社で舞っていただいたら、どれほど素晴らしいことでしょう」

治部坊（熊井）「ご注進！　我が君、参道を探っておりますと、向こうに沢山の捕り手が巡回しておりました。恐らく国上寺に我らが居なかったのでここまで探しに来たものと思われます。残念ですが、ここは人目も多く目立ち過ぎますので、この山奥の村の方を迂回した方が良いと存じます」

大和坊（義経）「分かった、急いで参拝を済ませ、そちらに参ろう」

同日　山村（南魚沼）に避難

荒讃岐坊（弁慶）「彌彦から南下し、南魚沼という所まで来ました。ここは山奥の郷なので、捕り手も参らないと思います。先程ここの村の長に、こちらにある大日堂を使ってもよいと言われましたので、彌彦付近の警備が緩くなるまでしばらくこちらに滞在しましょうぞ。聞けばこのお堂は、和銅年間（七〇八年−七一五年）に泰澄大師という者が、阿弥陀如来像を安置し建立したことが始まりとのことでござる」

大和坊（義経）「ふむ、立派なものであるな」

宣旨坊（伊勢）「我が君、先ほどこの村の庄屋が参られ、娘がひどい腹痛で苦しんでいるので祈禱して欲しいとのことです」

大和坊（義経）「分かった、荷物を置いたら、すぐ参り祈禱しよう」

庄屋の太平「なんじょまあすぐに来てもらいありがとうごぜます。一人娘が三日ほどめえから、ひどい下痢と腹痛で苦しんでいるのでごぜます」

荒讃岐坊（弁慶）「さればこれより祈禱致す。祈禱が終わったところで、ここにいる稚児が娘ごの腹を

庄屋の太平　さすって祈って遣わす」

一　同　「へへー、ありがとうございます」

「ノウマクサマンダバザラダン、センダマカロシャダソワタヤウンタラカンマン……

郷行坊（郷御前）　むっむつむつ、かんかん、そわかそわか、おんころおんころ般若心経……」

娘　「娘さん、怖がることはないよ。腹をさすったらどこが痛いか教えておくれ」

郷行坊（郷御前）　「アッ痛、下腹の、そこです……アッ……」

「……わかりました。娘ごは、毒キノコにあたった様子。ここに煎じた毒消し湯を飲みなされ、二、三日したら治るでしょう」

庄屋の太平　「まんず本当にありがとうございます。たまげたども、祈禱とお稚児さんのお陰で、娘の腹いたが少し治ってきたと言ってございます」

荒讃岐坊（弁慶）　「それはようござった。我らは少し長く逗留するので、何か困ったことがあったら相談されるがよい。但し村人以外の者に我らのことを話してはいかん。村人に良く言い聞かせてくれ」

庄屋の太平　「そらかね。ここは雪深い郷で、冬には屋根まで雪が積もるけんど、今は春になり過ごしやすうなったがね。他村とはそんなに行き来がねえので安心だがね。誰にもゆうなと村人に言って聞かせるがね。まんず、何にもなくてしょうしい（恥ずかしい）けど、夕飯を用意しましただ。食ってくだせい」

大和坊（義経）　「おう、真っ白のご飯と美味い漬物だ。この汁物はなんと申すのでござるか」

庄屋の太平　「へい、のっぺ汁でごぜます。口にあわねかったろか？」

大和坊（義経）「いやいや、すこぶる美味うござる。初めて食べ申した」
庄屋の太平「これは越後の味で、うんだばこっちの『ちまち』も食ってくだせい」
郷行坊（郷御前）「これは凄い。綺麗な笹の葉に包まれ三角のおにぎりでございますな。おや、このもちもちした舌触りは初めて食します」
庄屋の太平「うんだば、こちらの笹団子も食ってくだせ」
宣旨坊（伊勢）「いやあうまい。中に小豆が入っている。これは日持ちが良さそうなので、宜しければ出立の際少し持たせて貰うと嬉しいですな」
庄屋の太平「そん時は、いっぺい持って行ってくだされ」

・・・・・・・・・・・・・・・・・・

荒讃岐坊（弁慶）「はてさて、思いもかけず五日も滞在してしまった。それではご一同出立いたそうぞ。庄屋殿大変お世話になった。ありがとうござった」

庄屋の太平「おらが方こそ大変世話になったがね。おかげさんで娘もすっかりようなり元気になったがね。また、村人にも苗代の作り方等を教えてくれたり、祈禱もしてもらい、皆感謝してるがね。今日は村人総出でお見送りしますだがね」

大和坊（義経）「それは誠にかたじけない。皆々ありがとうござる。この観音堂には、私が持っていた観世音菩薩像と紺紙金泥の経巻を奉納し申した」

庄屋の太平「それはありがとうごぜます。村人たちが皆『君、いつ帰りおわすか』と言っているがね。今度こちらに来るときは、必ずこの村に帰ってくだされ。そんだば、今日からこの村を『君帰村』と改名し、観音堂を『君帰観音堂（きみがえりかんのんどう）』と呼び皆様の道中の無事を祈って、毎年大草鞋を奉納することにしますがね」

大和坊（義経）「それは誠に有難いことで、いつになるか分かり申さぬが、こちらへ参る時には、必ずここへ寄り申す」

荒讃岐坊（弁慶）「御一同、この村人の弥栄（いやさか）を祈願し、祈禱を致しましょうぞ。

一　同「ノウマクサマンダバザラダン、センダマカロシャダソワタヤウンタラカンマン……むっむつむつ、かんかん、そわかそわか、おんころおんころ般若心経……『臨・兵・闘・者・皆・陣・列・在・前』……」

二、郷御前懐妊報告

同年十一月　瀬波温泉

荒讃岐坊（弁慶）「今日は、越後の蒲原（現・新潟市蒲原町）を抜け、八十里を過ぎ、瀬波というところに着き申した。この先は笹川流れと言う海岸で、岩山が険しく馬では通れません。今日はここで一泊し、明日は笹川流れで馬をおり、船で海に出て目的の鼠ケ関湊に行こうと存ずる。この瀬波は海岸の近くに温泉が多くあり、海に沈む夕日が絶景でござる。宿で湯につかり夕日を堪能するのも一興と存ずる」

宣旨坊（伊勢）「こちらが本日の宿でござる。にぎやかな場所を避け、海べりにある粗末な宿でござるが、荒讃岐坊が申す通り海岸に近い露天風呂からの夕日は格別でござる」

郷行坊（郷御前）「まあお殿様、夕日があんなに大きく、海に落ちるように沈む様は初めて見ました。海まで真っ赤になり、陽が沈むところは金色に輝いております。まるで極楽の絵巻物のようでございます。このようなところで、殿様と姫と三人で温泉に入れるとは思ってもみなかったので、郷は幸せものです」

大和坊（義経）「うむ、郷にも姫にも苦労を掛けるが、今一息だ。念珠の関を越えれば、秀衡殿の領土で安心だ」

郷行坊（郷御前）「はい、あと少しの辛抱でございますね。それにご報告がございます。郷はまた身ごもったようでございます」

大和坊（義経）「なに、本当か。このお腹にやや子がおるのか。それは嬉しい。無事に平泉に着けば、安心して出産できるな。それまで体をいとえよ」

郷行坊（郷御前）「はい、ありがとうございます。今度は立派な男子を産んで差し上げます。ほれ、鶴姫も温泉に入って楽しそうにはしゃいでおります」

大和坊（義経）「うむ、この子も見目麗しい、賢い娘に育つと良いな」

三、念珠関所の大芝居

同年十二月　念珠関所

荒讃岐坊（弁慶）「目的地の鼠ヶ関湊に着き申した。ここで下船して念珠関所に参ります。この関所が最後の難関で、ここを抜ければ秀衡様の御領地です。問題はどうやって抜けるかでござる」

一同「…………」

荒讃岐坊（弁慶）「されば大変申し訳ないのですが、如意の渡しで上手くいった手を再度使おうと存じるが、お許し戴けるでしょうや」

大和坊（義経）「上手くいった手とは？」

荒讃岐坊（弁慶）「あの時は、何も考えず思わず我が君を扇で打擲（ちょうちゃく）したところ、代官が主君を打擲するのはあり得ないと思い込み、難を逃れることができ申した。この度もその手を使い、我が君に盗みをした小者に扮して戴き、某が打擲しながら役人の眼をごまかそうと存じるが、如何でありましょうか？」

大和坊（義経）「面白い、では遠慮のう打擲すべし」

・・・・・・・・・・・・・・・・・・・・・

荒讃岐坊（弁慶）「こやつめ、ぐずぐずせずにしっかり歩け」

関所の役人「これこれ、そこの行者。何故にその小者に荷駄を多く担がせ、そのように打擲しながら行こうとするのだ」

荒讃岐坊（弁慶）「これは失礼仕った。我らは羽黒山の山伏で候。某は荒讃岐坊と申す。羽黒山神社の増設に伴い諸国を勧進して回っており申す。各自が背負っている笈には、この度熊野神社より寄進された仏体等が納められており、この度はこれらの仏体を披露しながら出羽から東北の各地を勧進している者でござるが、途中これなる小者が寄進された品と銭をくすねて逃げようとしたところを捕まえて、こうして折檻しておるのでござる。ほれ大和坊きりきり歩け」

役人1「これこれ、そのように手荒に扱うでない。鎌倉より義経なる一行が、山伏に扮して平泉に行こうとしているので取り押さえよ、というお布令が来ている。お主達もこのように大勢で、怪しいのではないか。荷物を改めたい」

荒讃岐坊（弁慶）「これは心外な。羽黒山神社ではこの荒讃岐坊を知らぬ者はいないはずだ。お役人の中に儂を見知っている者がいるはずだ。それとも念珠関所役人は皆不信心の方ばかりか」

山伏一同「ノウマクサマンダバザラダン、センダマカロシャダソワ、タヤウンタラカンマン……むっむつむつ、かんかん、そわかそわか、おんころおんころ般若心経……」

常陸坊「儂は荒讃岐坊の弟分、常陸坊と申す者でござる。儂も羽黒では名が知れていると思うたが、荒讃岐坊と同じく見知った方はおらぬのか？」

代　官　「勧進をして諸国を回っているならば、その証拠の品はあるか？」

荒讃岐坊（弁慶）「ここに勧進帳の巻物がござる。いまその趣旨を読んで遣わす」

代　官　「それを見せてみよ。これ、誰かそれを持って参れ」

荒讃岐坊（弁慶）「えい、触るな。お主等のような不浄なものに触られると神罰が下り、この関所に禍が生じるぞ」

代　官　「さればその勧進帳を読んでみろ」

荒讃岐坊（弁慶）「されば読み上げる。皆敬って拝聴すべし。『大恩教主（お釈迦様のこと）の涅槃（お亡くなりになり）、秋の月は雲に隠れ、生死長夜の長い夢（迷いのこと）から、目覚めさせる人もない。さほど昔ではない頃に、帝（聖武天皇）が来られた（皆の者、頭が高い、かしこ参られよ）。最愛の皇后に死に別れ、追慕の想いに耐えがたく、涙を流してお泣きになり、眼には激しく、涙が玉を貫いたように流れ、（悲哀の）思いを先路（お釈迦の道）に翻して（悲しみを仏道によって昇華させる、ということである）、上求菩提の為（即ち、上に向かって菩薩の道を求めようと決心され）、大仏を建立された。しかし、去る治承の頃、源平の争乱の時代に大仏は焼失してしまった。

帝は、これほどの神聖な場がなくなってしまうことを歎いて、無常の観門に涙を落された。僧俗に勧めて（世は無常であることをよく理解させて）、あの神聖な場を再建しようと決意された。朝廷からの命令をお受けして、俊乗坊重源が、身分の上下にかかわりなく諸国に勧進する。一枚の紙でも、半文の銭でも、寄付した者は、現世においてはこの上ないよい暮らしを誇り、来世では数千の蓮華の上に坐るだろう（極楽往生するだろう）。以上のことを帰命稽首して（仏に帰依し、頭を地につけて拝し）、敬って申し上げる――』」

山伏一同　「臨・兵・闘・者・皆・陣・列・在・前……」

代　官　「ウーム……」

役人2　「お奉行様に申し上げます。荒讃岐坊なる者は知りませぬが、以前某が羽黒山に参った折に、ここにいる常陸坊なる者は見知っております」

荒讃岐坊（弁慶）　「ありがたい。それ見たことか、これこそ我らが羽黒山の山伏である証拠でござる」

代　官　「相分かった。義経一行でないと判断した。お通ししろ」

荒讃岐坊（弁慶）　「分かればよろしい。こら小者め、貴様のお陰でとんだ疑いをかけられた。まだ叩き足りぬ。きりきり歩け」

役人2　「これこれ、そのように手荒にするでない」

山伏一同　「ノウマクサマンダバザラダン、センダマカロシャダソワ、タヤウンタラカンマン……むっむつむつ、かんかん、そわかそわか、おんころおんころ般若心経……」

役人3　「名前にたがわぬ荒法師だわ。とっとと去（い）ね」

・・・・・・・・・・・・・・・・・・・・・

荒讃岐坊（弁慶）　「ワー、我が君、お許しください。幸い念珠関所を抜けられましたが、不本意ながら我が君を叩きながら通過したことは、誠に申し訳なく、万死に値する仕儀を致し、こ大和坊（義経）の通り伏してお詫び申し上げます」

大和坊（義経）「よいよい。打ち合わせ通りの演技で、お陰で皆無事に関所を通り抜けることができた。それにしても弁慶の力は凄いな。背負っていた二つの笈が潰れて、まだ肩がヒリヒリする」

荒讃岐坊（弁慶）「いや申し訳ござりませぬ。もう夢中で、力加減を忘れてしまい申した」

郷行坊（郷御前）「私が打身によく聞く塗り薬を持っています。それをお塗り致しましょう」

荒讃岐坊（弁慶）「お方様ありがとうございます。さて、無事に念珠関所を通り抜けました。本来なら、これから全員で羽黒山神社を詣でるところでござるが、方々はこれより我が君をお守りし、清川へと参られよ。羽黒山には捕り方が我らが来ると予測して、待ち伏せしている恐れがござる。

よってここは某一人が羽黒山神社を詣で、安全を祈願して参ろうと存ずる。また、我らは今まで羽黒山神社の山伏が勧進をしていると申しておったが、これからは熊野の山伏として全国諸国に勧進していると訂正する必要がござる。このところを間違えぬようお願い致す。さればこれから二日の日程で清川に着けると存ずる。よって、某も羽黒山神社に詣でたらすぐに清川に参るので、そちらで落ち合うことになり申す」

大和坊（義経）「弁慶の申すことはもっともである。されば羽黒山参拝は弁慶にまかせて、我らはここで神社の方角を拝み、清川に行かん。弁慶宜しく頼む」

荒讃岐坊（弁慶）「畏まって候」

四．河を船にて遡上

同年十二月　清川宿

荒讃岐坊（弁慶）「ここまで来れば秀衡殿の領土でございますから、もう戦うこともないと思われますので、某もこの鎖鉢巻と、祈願文を奉納させて戴きます。それに加えて、これもこの神社のお引き合わせでしょうか、我が君の忠臣で、吉野山で捕り方の僧侶どもに襲われた時、我が君の鎧兜を身に着けて殿の身代わりになって戦い、その後京都の御殿まで戻って戦い亡くなった、佐藤継信の親戚がこの村の長であり、先ほどその斎藤忠正殿が訪ねてこられました」

斎藤忠正「この村を束ねている斎藤忠正でございます。佐藤継信はおらが甥っ子でございました。この度判官様がおいでなすったと弁慶様から聞き、とりもとりえいず馳せ参じました。どんぞ我が家にお泊りくだせい」

大和坊（義経）「おう、あの継信の御親戚か。何とした奇遇か、これもこの神社に詣でたお陰か。有難いことである。忠正殿、我らはこれから平泉の秀衡殿を訪ねていく途中でござるが、お言葉に甘えてしばらく世話になる。宜しく頼む」

斎藤忠正「へへい。この辺りは秀衡様の御領地で、おら達もていへんお世話になっておりますだ。まんず湯さ使ってゆっくりしてくだされ」

大和坊（義経）「ありがたい。お言葉に甘えさせて戴くとしよう。おおうここが忠正殿の家か。大きくて立派な家だな。まずは仏壇と神棚にお祈りし、亡き継信にお礼を致さん」

斎藤忠正「ありがとうございます。ご先祖様も佐藤継信も喜んでるとおめえます」

大和坊（義経）「継信は、儂が秀衡殿にお世話になっていた頃は、秀衡殿のご家来であった。儂が、兄頼朝の挙兵を聞き、共に平家を倒さんと奥州を出立した際、秀衡殿が継信と弟の忠信を儂の郎党に加えて下さり、共に戦ってきた忠臣である。その者達がお主の甥であったとは何たる奇遇か。改めて継信に感謝する。お主に儂の腰のものである鬼王丸を授けるので、機会あれば継信の墓前に花を手向け、儂の感謝の気持ちを伝えてもらいたい」

斎藤忠正「ははー、誠にありがとうございます。亡き継信もそのお言葉を聞き、あの世で喜びます。早速近い内に継信の実家に立ち寄り、この御太刀を仏壇に供えてめいります」

大和坊（義経）「また、弟の忠信も屋島の戦いで八面六臂の武者ぶりであった。そして、たまさか儂を目掛けて矢が飛んで参って、あわやと思った時に、忠信が体を張って儂を庇い、矢が当たって死んでしもうた。今こうして生きているのも忠信のお陰である。二人の忠誠忘れるものではない。誠に有難いことであった」

斎藤忠正「左様でございましたか。兄弟が立派に勤めを果たして死んだことを、心温まるお言葉で聞かせてもらい、誠に有難く感謝しますだ。どうぞゆっくりご滞在下され」

大和坊（義経）「ありがたい。京を出でて、初めて心許せる者に会えた。その言葉に甘え、しばらくゆっくり滞在させて戴く。なお、この者は儂の室の郷と娘の鶴である。宜しく頼む」

斎藤忠正　「へへい。お方様と、なんとまーめんこいお姫様で。斎藤忠正と申します。宜しくおねげい申し上げます」

郷行坊（郷御前）　「こんな姿で申し訳ないですが、郷と申します。鶴姫共々宜しくお願い致します」

同年十二月　最上川を遡上

大和坊（義経）　「忠正殿のお世話で久しぶりにゆっくりし、命の洗濯ができた。明日いよいよ平泉目指して出立することにしようぞ」

荒讃岐坊（弁慶）　「ここ清川は、最上川舟運の拠点でござる。お方様はご懐妊されたと聞きました。身重になったお方様にこれ以上の馬移動は無理と思われます。よって、斎藤忠正殿にお願いして船を仕立ててもらい。陸路を避け、船にて最上川を遡上し、会津の津（現・新庄市本合海(もとあいかい)）まで行き、そこからは荷車を仕立てて平泉に行こうと存ずる」

大和坊（義経）　「それはありがたい。宜しく頼む」

荒讃岐坊（弁慶）　「今は雪解け水で増水し、流れが速いため、遡上するのは大変で、船も揺れ申す。皆川に落ちないよう充分に注意されたい」

郷行坊（郷御前）　「まあ、あそこに綺麗な滝が見えます。何と言う滝かしら」

常陸坊　「あれは白糸の滝（最上郡戸沢村）と申します。最上川には川沿いに四十八の滝があり、その中で最大の滝（落差百二十㍍）であります」

郷行坊（郷御前）　「そうですか。本当に綺麗な滝ですね。秩父にも滝はありますが、こんなに大きくて綺麗な滝は初めて観ました。あれ、あれは白い糸が沢山纏まって落ちているように見

常陸坊　えますね」

「ここは『たかやりの瀬』（最上郡戸沢村古口高屋）という難所でございます。流れが一段と速くなり、波高く荒れますのでご注意下され。舳先に波が当たり、水しぶきが降り掛かりますぞ」

大和坊（義経）「儂は屋島の戦いの後、海に出ると悉く嵐に遭い難儀しておる。この度の川の遡上でも難儀するのは、きっと平家の怨念が追っかけてくるのだろう。今回は船酔いで気持ちが悪い」

常陸坊「殿様大丈夫ですか。船の中央で少し横になってお休み下され」

京ノ坊（片岡）「某も船での遡上は初めてですが、本当に舳先が波に突っ込んでしまい、左右に迫る岸の岩や、川に盛り上がった岩に船がぶつからないか、冷や汗ものでござる。船の前後にいる船頭が、青竹一本で巧みにそれを避けているのが凄い」

荒讃岐坊（弁慶）「川の真ん中あたりをご覧じろ。船が飛ぶように波の中を下って行き申す。我らは岸に近い逆流を利用して川を遡上しているのでござる。昼は海手の追い風でござるが、夕方から山風となりますので、今日はここ真室川の船着き場（最上郡真室川町大沢小国）につけ、民家に泊まりましょうぞ」

伊藤昌人「これはこれは、偉い行者様だちにおらが屋敷に泊まって戴くとは、誠にありがとうございやす。なんのもてなしもできねえども、今朝獲れた猪をさばいたで、猪鍋でも食って下せい」

宣旨坊（伊勢）「これはありがたい。猪鍋とは精が付き申す。お方様も沢山食べれば、元気な若君が生まれるでしょうぞ」

治部坊（熊井）「これは美味い。この漬物はなんと申すものか」

伊藤昌人「べそら漬けと、おみ漬でごぜます」

治部坊（熊井）「これはナスの皮をむいて漬けたものでござるな」

伊藤昌人「へい、朝採りナスの辛味漬けでごぜいますだ。おみ漬は青菜に渋柿を薄く切った醤油漬けだす」

郷行坊（郷御前）「本当に美味い。これを食すと、猪鍋の脂がとんで、飯がいくらでも食せるわ」

京ノ坊（片岡）「常陸坊は共食いでござるな」

常陸坊「うるさい。儂は猪武者ではないわ」

一同「ワハハハ」

・・・・・・・・・・・・・・・・・・・・

荒讃岐坊（弁慶）「我が君、川を遡って二刻程経ちましたが、ここは鎧神社（最上郡戸沢村）がある所でござる。この神社は別名兜明神とも呼ばれ、その昔日本武尊が戦でこの川を遡上している時、後ろの船に乗っていた部下が川に落ちたのを見て、身に着けていた鎧兜を脱ぎ捨てて川に飛び込み、その部下を助けたことに由来する、由緒あるところでござる」

大和坊（義経）「それは素晴らしい話だ。鎧兜が無ければ日本武尊の神もお困りであろう。暫時立ち寄って、持っている鎧兜を一つ奉納して参ろう」

京ノ坊（片岡）　「随分小さいお堂でござるな。皆でお祈りを致しましょうぞ」

一　同　「ノウマクサマンダバザラダン、センダマカロシャダ、ソワタヤウンタラカンマン……むっむつむつ、かんかん、そわかそわか、おんころおんころ般若心経……」

荒讃岐坊（弁慶）　「この辺りが最上川の最大の急流で、昨日の『たかやりの瀬』に続く一番の難所でござる。各々方、船べりにしっかりつかまり落ちないよう気を付けて下され」

大和坊（義経）　「うむ、聞きしに勝る急流であるな。郷は顔色が悪いが大丈夫か」

郷行坊（郷御前）　「はい、つわりと船酔いで、吐きそうです」

大和坊（義経）　「うむ、儂も酔ってしまったが、体を掴まえていてやろう」

郷行坊（郷御前）　「ありがとうございます。ウ・ウ・ウ・ゲ……」

荒讃岐坊（弁慶）　「難所も過ぎ、もう大丈夫でござる。ここは「みるたから村」（最上郡真室川町大沢小国付近）」と申す小さな村でござる。ここで船をつなぎ一泊致そうと存ずる」

常陸坊　「ありがたい、陸では強い某（それがし）も、木の葉のように揺れる船では、からしき弱く、オー、岸に上がってもフラッフラするぞ」

一　同　「イヤー参った、参った。早く泊めてくれる家を探して、濡れた衣服を乾かそうぞ」

五．郷御前病で臥す

同月　鳴子温泉

荒讃岐坊（弁慶）「ここが有名な鳴子温泉でござる。歴史は古く、『続日本後記に、承和四年（八三七）四月に潟山が大爆発をして温泉が湧きだした』とあります。枕草子には、日本三名泉（榊原温泉・有馬温泉・玉造の湯）に並ぶ奥州三名泉の一つと紹介されてござる。お方様の御産も近いことからここでしばらく休もうと存ずる」

郷行坊（郷御前）「弁慶殿、かたじけのうございます。ここまで無事に来れましたので立派な子を産みたいと思います。しかし、今は腹痛で、熱もあるようで、少ししんどいです」

大和坊（義経）「もうすぐに秀衡殿の館である。そこに着けば安心してお産ができると言うものだ。しかし、ここに来て安心して気が抜けたか、朝方、郷が急に熱を出し、腹痛で病んでしまった。出産も間近いことでもある。しばらくここで休むことにする」

荒讃岐坊（弁慶）「それは大変でございますな。念のために某が産婆を探してまいります。麓の村まで行けば、或いは見つかるやもしれませぬ」

大和坊（義経）「うむ、頼みいる。ここでは良い薬師もおらぬ」

同日　麓の村

荒讃岐坊（弁慶）「大急ぎで麓まで駆け下りてきたが、人家もまばらで、誰も頼りになる者はおらぬ。はて、困ってしまったな。オー、あそこに爺さんがいるので聞いてみよう。そこにおられる方にお尋ね申す。この辺りに産婆はおらぬか？」

老　人「産婆？　そんな気の利いたのはいねのし。何かあっただかね？」

荒讃岐坊（弁慶）「儂の主人のお方様が、もうすぐ産み月になる手前なのだが、昨日から急な腹痛と高熱で困っておる。どこかに産婆はおらぬか？　おれば手伝ってもらいたい」

老　人「女子(おなご)は子供を産むのが仕事だがね。誰も産婆など呼ばねで、自分で産むだがね。だすけ、産婆など何処にもいねがね」

荒讃岐坊（弁慶）「うーむ困った。薬師も知らぬか？」

老　人「はー、そんだのも知らねがね。だども、あの村の弥平の家に半年ほどめえに、赤子を産んだ嬶(かか)がいるから、それさ訪ねたらなじだね」

荒讃岐坊（弁慶）「有難い。その女房殿を訪ねてみよう……」

・・・・・・・・・・・・・・・・・・

荒讃岐坊（弁慶）「ごめんくだされ、弥平殿の家はここでござるか」

弥　平「へい、儂が弥平だが。これは山伏様、汗だらけでどうしなさったかね？」

荒讃岐坊（弁慶）「うむ、よう聞いて下さった。儂は羽黒山神社に仕える荒讃岐坊という山伏で、怪しい者ではござらぬ。実は諸国を勧進して回っており、この度は藤原秀衡殿の館に参る途中でござるが、そこの鳴子温泉まで来たところで、我らが主人のお方様が急な腹痛と高熱で難儀しており申す。
実はお方様は懐妊しており、産み月も近いので、大変心配しており申す。聞けば弥平殿の女房殿が半年ほど前に元気な赤子を産んだとのこと。ついては儂と一緒に宿に行き、女房殿にお方様を診てもらえぬであろうか。この通りお代は払い申す」

弥　平「あれ、こんなに沢山！　難儀を助けるはお互いさまじゃで。これ嬶、直ぐ行って看病してやれ」

弥平の女房「そらていへん難儀ですが、おら医者でも産婆でもねえ。何もできねえどもええんだろか。死んだおっかさんが昔産婆していたんで、真似事はできるだども、おっかねえな」

荒讃岐坊（弁慶）「それで充分。女子は女子同士と申す。先ずは儂と共に急いで来てくだされ」

同日　鳴子の宿

荒讃岐坊（弁慶）「殿、里の村から弥平と申す百姓の女房殿を連れてきました。この辺には、産婆も薬師もおり申さず。ただ女房殿は半年前に元気な赤子を産んだとか。また亡くなった母親は産婆をしていたとのことでございます」

弥平の女房「イネと申しますだ。何もわがらねども、女子同士、真似事でもと思ってめえりますた」

大和坊（義経）「宜しく頼み申す」

弥平の女房「どれどれ腹を見せなせ。ウムまだ産み月には間がありそうだす。これはまんず食あたりだと思えます。まんず男しは部屋を出てくんろ。奥方様、尻を見せてくれ。おそらくこれはウンチが詰まってるだがね。こうして指でかきだせば……」

郷行坊（郷御前）「アーッツ、いたいー、アーッ」

弥平の女房「オーとれた。これで大丈夫だがね。せば、この薬草を煎じて飲みなせ。後は白湯をいっぺい飲んでくだせい。おらのできるのはここまでだがね。後は神様におねげえするしかねがね」

荒讃岐坊（弁慶）「誠にかたじけない。いま別室にて皆で祈禱しております」

翌朝　鳴子の宿

大和坊（義経）「おー、郷の意識が戻った。熱も下がったようだ。郷、大丈夫か？　儂が分かるか？」

郷行坊（郷御前）「殿様、ありがとうございます。赤子は大丈夫でしょうか？」

弥平の女房「奥方様、赤子はでいじょうぶですよ」

大和坊（義経）「郷、よく頑張った。うむ、大丈夫のようだ。弁慶、皆の者、郷の意識が戻ったぞ」

一　同「おめでとうございます。神様のおかげです。ありがたや、ありがたや」

大和坊（義経）「いやいや、一睡もしないで、懸命に看病してくれたイネ殿のお陰でござる。皆からも礼を言ってもらいたい」

荒讃岐坊（弁慶）「イネ殿、本当にありがとうござった。我等からもこの通りお礼を申し上げる」

郷行坊（郷御前）「イネ殿が飲ませてくれた薬は本当に良く効きました。これは何と言う薬ですか？」

弥平の女房「これはドクダミという草にいくつかの薬草を混ぜて煎じたもので、腹痛止めや腹下しに良く効くんで、毒消し薬として我が家に常備しているものでございます」

郷行坊（郷御前）「まあ有難い薬ですね。あとでその作り方を教えてください。私も作り、常備薬としますわ。殿様、皆さま、御心配をおかけし申し訳ありません。もう大丈夫です」

大和坊（義経）「うむ、無理をするな。しばらく様子をみて、治り次第、出立しようぞ」

＝第八章　再会の歓びと永久の別れ＝

磯禅師

文治三年（一一八七）二月初旬、義経様一行が平泉に着いたとの知らせを受けた藤原秀衡殿は大変喜び、客殿の月見殿(つきみでん)に親族や主だった家臣を集め、義経様一行を歓待しました。そして衣川の岸辺に新居・高館(たかだち)を新築し、多くの知行も義経様に与えました。また、嫡男の泰衡、長男の国衡他三人の異母兄弟を義経に紹介し、互いに親戚同様に付き合うことを約束させたのでありました。

しかし、このことはすぐに鎌倉に知れ、鎌倉より「義経を匿っているのでは……」との問い合わせが参りましたが、秀衡殿は「噂の通り義経殿が来ているかどうか、こちらも調べており、今のところ知らない……」と言を左右にしておりました。

しかし、この年の十月、秀衡殿は急に重い病に伏し、「自分が死んだら鎌倉は必ず平泉を攻めてくる。その時は義経殿を大将に仰ぎ、鎌倉と戦うこと……」との遺言を残して亡くなってしまわれましたのです。

それから間もなく、義経様に重大な危機が訪れたのでありました。

一．奥州の雄藤原秀衡、義経を歓待

文治三年（一一八七）二月十日　平泉 秀衡館

秀　衡　「何？　義経殿より使いの者が二人来たと。して義経殿はどうしている？　鎌倉殿に追われていると心配しておったが……」

京ノ坊（片岡）　「ははっ。わが君は今、鳴子の里におわします。北の方様が懐妊されており、加えて鳴子で急な病で休んでおりましたが、快復され昨日にはそこを出立したと思います。栗原の里にある栗原寺にて秀衡様のお返事をお待ちすると申しておりました。わが君は一歳ほどの姫様を連れて、総勢十九名。人目を避けて皆山伏姿でございます」

秀　衡　「懐妊中の奥方と幼い姫様を連れて、さぞやつらい道中でござったであろう。出羽の国はこの秀衡の領地につき、最早（もはや）何の心配は要り申さぬ。嫡男の泰衡に命じ、早速お迎えの者どもを遣わそう。泰衡聞いての通りじゃ。百五十騎程を従え、奥方様と姫には御輿を用意して、判官義経公に相応しい陣立てをしてお迎えに参れ」

泰　衡　「ははっ、畏まって候。お召し物も揃えて直ぐに出立します。片岡殿、伊勢殿、案内をお頼み申す」

両　名　「ははっ、過分なるお言葉、我が君も喜びまする。さればご案内仕る」

同日　栗原寺

弁慶　「わが君、秀衡様より迎えが参りました。なんと、御嫡男の泰衡様が百五十騎もの供を連れて参られました」

泰衡　「判官義経様、お久しぶりでございます。お迎えに参りました。父秀衡も殊の外喜んでおり、お待ち申しております」

義経　「泰衡殿、ありがとうござる。漸(ようや)く着き申した。御厄介になり申す。朝風呂を使い、身を清めましたので、早速(さっそく)参ろうと存じる」

（ありがたい。なつかしい郷に戻った。秀衡殿に心よりの感謝を伝えよう）

泰衡　「それは重畳(ちょうじょう)。されば持参した衣装にお着替え下され。北の方様と姫には御輿を用意致しました」

義経　「それはありがたい。宜しくお願い申す」

同日　平泉　月見殿

秀衡　「判官義経殿、よう参られた。今日よりしばらく、この御殿を進呈します。お仕まいはすぐに新築し申す。ここを我が家とも思い、ゆっくりお寛ぎ下され」

義経　「秀衡殿、お懐かしゅうござる。何故か身に覚えもない仕儀で、今は鎌倉に追われる身になってしまいました。ご迷惑でしょうが、頼れる方は義父とも慕う秀衡殿しかおらず、何とかたどり着き申した。ご迷惑ではありましょうが、何卒宜しくお願い申す」

秀衡　「何の何の、遠慮はいり申さぬ。先ずは湯浴みをされませ。後ほどご家来衆も交え、ゆっくり食事しながら話をお聞かせくだされ。こちらも主だった家臣を揃えておきます」

義経　「ありがとう存ずる。また、立派な御殿を戴き、家臣までそれぞれ厚遇して戴き、感謝の念に堪えませぬ。ではお言葉に甘えてお湯を戴きます。つのる話は後ほどに」

同日　夕餉の場

秀衡　「さて、みな揃い申したな。義経殿、こちらにおるのが我が妻の熙子とその息子、嫡男の泰衡（次男）でござる。次におるのが前妻の子、長男の国衡、三男の忠衡及び嫡弟の高衡、そして親戚の樋爪季衡（ひづめすえひら）他親類一同と主だった家来どもでござる。

皆に申す。この度故あって判官源義経殿ご一行が我が藤原家を頼りにされてご下向されて参った。皆も知っての通り義経殿は平家一門を滅ぼした武勇優れる名将である。これより我が藤原家の客人として長く留まって戴くことになった。よって我が親戚同様として取り扱い、共に過ごして戴くので左様に心得よ」

一同　「ははー」

義経　「只今ご紹介に与った義経でござる。過分なまでのお心遣い、衷心より御礼申し上げ申す。本日は某（それがし）の室の郷と娘、それに家臣の武蔵坊弁慶をはじめ、全員同席させて戴き申した。皆、某と辛苦を共にしてきた者共でござる。我等も秀衡殿のご恩に報えるべく勤めるので、ご交誼（こうぎ）のほど宜しくお願い申し上げる」

秀衡　「義経殿に当面の引き出物として、名馬百頭、鎧五十領の他、弓矢をさし上げる。また、領地として桃生、牡鹿、玉造、遠田の五郡を、ご家来衆には胆沢、江刺など三圧を遣わす。また、当面はこの月見殿に住んで戴くが、衣川の岸を整地し、屋敷である高館(たかだち)を早急に造り、それを進呈致す。また、懐妊されている北の方様には、侍女二十人を付けて遣わす。立派な子を産んで下されし

義経　「何から何まで、心温まるお心遣い、誠にありがとうござる。我が室にも何かと気を遣って戴き本人も感謝しており申す。郷、お礼を申し上げよ」

郷御前　「義経が室の郷でございまする。この子は鶴と申します。誠に、心温まるお気遣い、衷心(ちゅうしん)より感謝申し上げまする」

秀衡　「なんのなんの、よい子をお産み下されや。義経殿はこれからゆっくりここで過ごされ、ここにいる各諸将の館を訪ね、戦の仕方など色々教えて下されし

義経　「はい、喜んで。皆様方も宜しくお願い申す」
（誠に嬉しい。苦労してここまで来たかいがある。秀衡殿の所へ来れば鎌倉も手を出せまい。心から安堵した）

一同　「宜しくお願い申し上げます」

二．故佐藤兄弟の孫達の元服

同年三月五日　平泉 高館

義　経　「さて弁慶、平泉に近い信夫（しのぶ）村には、儂の代わりに亡くなった佐藤継信・忠信兄弟の親族がいるはずだ。今こうして儂が平泉に来られたのも、佐藤兄弟のお陰でもある。それぞれの実家を訪ねて消息を聞いてきてもらいたい。後日、両名はもとより、兄弟と一緒に戦い、四国や九州で討ち死にした平泉の者達の法要を営みたい。このことは既に秀衡殿にも話し、御賛同を戴いておる」

弁　慶　「それはもっともな仰せでございます。親や妻女達に伝えれば、皆きっと喜ぶことと存じます。早速訪ねて参ります」

・・・・・・・・・・・・・・・・・・

弁　慶　「我が君、良い報告です。本日は佐藤兄弟の母親が、それぞれの妻子を伴って参りました」

継信母尼　「この度我らが亡き息子や、四国や九州の戦いで討ち死にした兵士たちの法要を、平泉の大殿様もご参列されて執り行って戴けると伺い、親戚一同涙して喜んでおります。判官義経様の温かいお心遣いが身に沁みて嬉しいです。これで我らの息子をはじめ、一

義　経　緒に戦い亡くなった人たちの供養が立派にできまする。ありがとうございます」
「継信殿は屋島の合戦の時、獅子奮迅の戦い振りで、敵も恐れた勇者であったが、流れ矢が儂を目掛けて飛んできたとき、咄嗟に我が身を投げ捨てて儂を庇い、その矢に当たって亡くなってしまったのじゃ。また忠信殿は、吉野山で僧徒らが打ち掛かって来た時、殿(しんがり)を買って出て、儂の身代わりとなって戦い、百人もの敵をわずか六、七騎で防ぎとめ、都へ上って更に迫り来る敵を切り抜け、最後に六条堀の儂の屋敷で自害した勇者である。
　追捕を出した鎌倉の頼朝兄も、たぐいなき剛の者と惜しまれ、供養をされたと聞いておる。いま儂がここに居るのも、佐藤兄弟のお陰でもある。改めて皆にお礼を申す」

継信妻　「誠にありがたくも、もったいないお言葉でございます。あれ、殿様どうぞ手をお上げくだされ。只今のお話を聞き、冥途によい土産ができました。あちらで待っている亡夫もきっと喜んでくれると思います。つきましてはお願いがございます。継信・忠信兄弟には、幼いですがそれぞれ男子が一名ずつおります。法要が終わりましたらば、その子らを元服させ、父親を引き継いで義経様の手の者に仕えさせたいと存じますが、如何でしょうか？」

義　経　「それは誠に有難いことである。ここに居る我が郎党が全員声を上げて泣いておる。誠にかたじけない。されば烏帽子親を平泉の大殿である秀衡殿にお願いし、名は某(それがし)が付けて進ぜよう。されば、継信の息子には佐藤三郎義信、忠信の息子には佐藤四郎義忠の名をそれぞれに与える」

継信母尼　「誠にありがとうございまする。我が佐藤家の末代までの誉れでございまする。これ、二人ともそれぞれ亡き父上に負けないよう立派にお務めするのですよ」

両名　「はい、おばば様、母上様。必ずや立派に務めまする」
弁慶　「ようできた。これでお主らも立派な郎党ぞ！　ワハハハハ！」

三　郷御前男子を出産

同年七月　平泉 高館

義経　「郷、でかした。産声も大きく立派な男の子だ」
郷御前　「ありがとうございます。とても難産で、一時は気を失う程でしたが、男の子と聞き疲れも飛んでしまいました。殿様、名前を付けて下さい」
義経　「うむ、儂の幼名から一字取り、丈夫で長生きするように、亀若丸と名付けよう」
郷御前　「良い名でございます。ありがとうございます」
弁慶　「方々、若君がお生まれになり申したぞ。亀若丸様と名付けられ申した。我が君、おめでとうございます」
一同　「おめでとうございます」
義経　「うむ、めでたい。これで一安心だ」
（ありがたい、これで立派な跡取りができた。次は鶴姫の嫁ぎ先だな……）

＝第九章　巨星落つ、義経の運命は＝

礒禅師

文治三年（一一八七）九月、藤原秀衡様は突然重い病に罹り、八方手を尽くして治療に専念いたしましたが快復せず、ますます酷くなったことから、秀衡様は家族親族全員を集め、「義経様を大将に仰ぎ、きっと攻めてくる鎌倉と戦い、この奥州出羽の藤原家を守り通せ」と遺言されたのでありました。

その年の十月二十九日、ついに奥州三代目の雄と言われた鎮守府将軍、陸奥守藤原秀衡様がお亡くなりになりました。それを知った鎌倉の頼朝様は「好機到来」とし、朝廷に義経様追討の宣旨を出すよう何度もお願いし、ついに朝廷より秀衡殿の後を継いだ泰衡殿に、「義経追討」の勅使が下りたのでありました。

泰衡殿は、「義経追討」の勅使が来泉したことに驚き、逆らって国賊になることを大いに恐れ、義経様の処遇に苦慮され、ついにある重大な決意をされました。

それが、義経様の再びの苦難の始まりとなりました。

一．秀衡病む

文治三年（一一八七）九月　平泉 秀衡館

秀　衡　「泰衡に国衡、今日お主達二人を呼んだのは、どうしても話して了承してもらいたいことがあってのことだ、ゴホゴホ……。知っての通り、儂は今月初め急に眩暈(めまい)がし、倒れて寝込んでしまった。最初は風邪かと思ったが、薬師の見立てではそうではなく、何か重篤な病らしい。何とか治るよう努力するが、万一、儂が死んだら我が藤原家はどうなる。それが心配で眠れぬ日が続いている、ゴホゴホ……」

国　衡　「父上、床から身を起こそうと無理をなさってはいけませぬ。気の弱いことなど言わず一層養生して健康を取り戻してください。今まで病気などしたことのない父上ですので、きっと良くなりますよ」

泰　衡　「兄者の言う通りです。気弱になってはお体にさわります。藤原家のことは、心配いりませぬ。東北の雄とまで言われる立派な家を御父上が造ってくれたのです。我が藤原家は盤石です。兄弟仲良く守り抜きます。心配なさらずにご養生下さい」

秀　衡　「そのことよ……ゴホゴホ……。儂が生きている間は大丈夫だ。だが儂が死んだ後はどうなる。折角義経殿が訪ねて来てくれて、これで我が家は大丈夫と思ったが……鎌倉からの詮議が厳しい……。この前も三人もの使者が来て、判官殿のことを色々聞いていきた。

書　名				
お買上 書　店	都道 府県　　　　市区 郡	書店名	書店	
		ご購入日	年　　月　　日	

本書をどこでお知りになりましたか?
1.書店店頭　2.知人にすすめられて　3.インターネット(サイト名　　　　)
4.DMハガキ　5.広告、記事を見て(新聞、雑誌名　　　　)

上の質問に関連して、ご購入の決め手となったのは?
1.タイトル　2.著者　3.内容　4.カバーデザイン　5.帯
その他ご自由にお書きください。
(　　　　)

本書についてのご意見、ご感想をお聞かせください。
①内容について

②カバー、タイトル、帯について

弊社Webサイトからもご意見、ご感想をお寄せいただけます。

ご協力ありがとうございました。
※お寄せいただいたご意見、ご感想は新聞広告等で匿名にて使わせていただくことがあります。
※お客様の個人情報は、小社からの連絡のみに使用します。社外に提供することは一切ありません。

郵便はがき

料金受取人払郵便

新宿局承認

2524

差出有効期間
2025年3月
31日まで
(切手不要)

160-8791

141

東京都新宿区新宿1-10-1

(株)文芸社

愛読者カード係 行

ふりがな お名前		明治 大正 昭和 平成 年生 歳	
ふりがな ご住所	□□□-□□□□		性別 男・女
お電話 番 号	(書籍ご注文の際に必要です)	ご職業	
E-mail			
ご購読雑誌(複数可)		ご購読新聞 新聞	

最近読んでおもしろかった本や今後、とりあげてほしいテーマをお教えください。

ご自分の研究成果や経験、お考え等を出版してみたいというお気持ちはありますか。

ある　ない　内容・テーマ(　　　　　　　　)

現在完成した作品をお持ちですか。

ある　ない　ジャンル・原稿量(　　　　　　　　)

接待漬けで何も知らせず何とか帰したが、これからは益々詮議が厳しくなると思われる。そこで一番大事なことは、お主ら二人、泰衡と国衡が結束して鎌倉の要望を断固として断らねばならない。鎌倉はいずれこの平泉を攻めてくる。その時は義経殿を大将として、鎌倉と戦う必要がある。二人にはその覚悟ができるかどうかじゃ……ゴホゴホ……」

泰衡　「勿論大丈夫です。兄者と力を合わせてこの平泉を守ります」

国衡　「藤原家の嫡男は泰衡です。私は泰衡を助け、万一そのような事態になれば結束して戦います」

秀衡　「それではその証として、これから儂が言うことを承知して貰いたい……これは、儂の室の煕子にも話し、本人も二人が承知するならば従いますと言ってくれている……ゴホゴホ……」

泰衡　「母上も……ですか」

秀衡　「うむ、知っての通り国衡は長兄ではあるが、妾腹であるが故に正妻の煕子の息子である泰衡を嫡男として、我が藤原家の跡取りとした。幸い今も兄弟の仲が良く、何の心配もしていないが、鎌倉の頼朝という男は執拗な程猜疑心が強く、ましてその側近の梶原景時は義経殿を讒言して追い落とした張本人である。

儂が死んだ後、この二人がまず狙うのは、義経殿捕縛の為に我が藤原家の弱体化を図ることであろう。それできっと泰衡、国衡の仲たがいを画策してくるに違いない。それを何としても防がなければならない。儂が死んだ後、きっと鎌倉は、『藤原家が鎌倉と争わない証として、人質として儂が妻・煕子を鎌倉に差し出せ』と言ってくるに違いない。儂ならそうする……ゴホゴゴ……それを未然に防ぐには、これしかないと考えた末の策である……ゴホゴホ……」

国衡　「エ……義母上を人質にですか？　父上……でも、ご安心ください。そんなことは絶対にさせません。私は今の境遇に少しも不満を持ってはおりませぬ。これからも兄弟力を合わせて、この藤原家を守ってまいります」

秀衡　「ウム、ゴホゴホ……。儂もそれを信じておるが、なおそれを盤石のものとしなければ、儂は安心して死ねないのだゴホゴホ……。二人とも良く聞け、正妻の熙子、泰衡の母はまだ若い。儂が死ねば尼僧になると言っておる。しかし、それは普通の仕来り（しきたり）で、万一鎌倉と和睦した場合、その証として、熙子を人質として頼朝に奪われることは充分あり得るのだ。
　これはなんとしても避けたい。ゴホゴホ……。幸い国衡はまだ独り身であり、内心熙子を慕っているはずだ。泰衡の孝心は疑いもないことだ。それゆえ熙子を奪われ、兄弟仲が悪くならないためには、儂が死んだら、国衡よ……ゴホゴホ……熙子をそなたの正室として娶ってくれ。泰衡、そなたの孝心を信じる。そなたの母が国衡に嫁ぐことを許してくれ……ゴホゴホ……」

両名　「なんと、母上をですか……」

秀衡　「ウム、これしかないのだ。ゴホゴホ……。熙子……」

熙子　「私もビックリして……ありえない話とお断りしたのですが……殿様にご命令、いや懇請されて……こんな婆ですし……」

国衡　「いやいや、婆などと思ったことは一度もありませぬが……正に奇想天外なお話で……」

泰衡　「父上、分かりました。尊敬する父上が亡くなった後、万一にも母上を鎌倉に奪われる時は、この藤原家が滅ぶ時しかありませぬ。兄上、母上もご承知の様子。ならば某の言うことは一つしかありませぬ。兄上、母上を宜しくお願い致します」

秀衡　「決まった。これで儂も安心して死ねる。されば今すぐここで固めの杯を交すべし……。一同よいな！」

全員　「はは、承知致しました」

二．遺言状

同年十月十日　平泉 月見殿

秀衡　「ゴホゴホ……。今日、泰衡、国衡を始め、忠衡、頼衡等の義兄弟五人及び、妻の熙子を含め親戚一同と主な重臣に集まってもらったのは、最後の別れを言うためである……ゴホゴホ……。秀衡と国衡にはすでに話して了承を取ってある。これが儂の遺言状じゃ……ゴホゴホ……。

皆の者、儂が死んだ後は、嫡男泰衡を棟梁とする。泰衡を立て、全員結束して鎌倉と対峙せよ……ゴホゴホ。たとえ鎌倉より、『義経殿を鎌倉に差し出せ』とか、『義経殿を討ったら常陸国を与えよう』等との甘言を言ってきても、決して従うな。我等藤原家は、今の陸奥出羽の両国で充分だ。もし鎌倉から使者が来たら、問答無用でそ奴らを斬れ。二度三度使いの者を斬れば、鎌倉も諦めるであろう。万一鎌倉が攻めて来たらば、判官義経殿を大将に仰ぎ、鎌倉と戦え。
念珠と白河の両関所は国衡が守れ。他の兄弟は大将の義経殿と嫡男の泰衡の指示に従え。詳細はこの遺言書に書いてある。後ほど泰衡より説明がある。なお、妻熙子を鎌倉の人質に取られないようにするため、儂が死んだ後は国衡と再婚させ、国衡の正室とする。これも三人の了解を取ってある……ゴホゴホ……判官殿を決しておろそかにしてはいけない。この遺言にさえ違（たが）えなければ、わが藤原家は末代まで安穏である。皆の者、宜しいか……ゴホゴホ……」

泰衡「只今の御父上の言葉、皆納得して了解したと思う。我等は御父上の快癒を願うが、御父上の遺言である。されば全員了解して、この誓詞に血判を押して父上に差し出そうぞ」

一同「オー！　誓いまする！」

三、秀衡逝去

同年十月二十九日未明　平泉 秀衡館

義経「なにを、大殿が亡くなったと！　馬引けい、直ぐに秀衡殿の館にまいる！」

泰衡「判官義経様よくまいられた。今朝ほど未明父秀衡が亡くなり申した。ささ、最後の別れをしてくだされ」

義経「おおー！　大殿、御病気を心配しておりましたが……鎌倉より逃れ、やっと平泉にたどり着き、大殿と再会でき心底喜んでおりましたのに、こんなに早くお亡くなりになるとは思いもしませんでした！　大殿！　まだまだ大殿と一緒にやりたいことが山ほどございますのに、残念です……」

泰衡「その父上が亡くなる少し前に我等に遺言されたのは、今後鎌倉より義経様討伐の軍が必ず来る。その時は義経様を大将に仰げば、鎌倉と戦っても必ず勝てると申しておりました。ここに父上より義経様宛の遺言がございます。これをご覧戴き、是非とも我等にお力を貸して戴くようお願い申し上げます」

義経「おお、正に秀衡殿の遺言でござる。ここまで某(それがし)を信じてくれるとは、誠に有難いことです。分かり申した。世話になっている身で大将とは出過ぎたことと思われるので、これからは御嫡男泰衡殿の采配の下、力を合わせて御当家の為に尽くしましょうぞ」

一同「ありがとうございます。宜しくお願い申し上げます」

頼衡「私は義経様が大将に相応しいと信じております。私は何事も義経様の言われる通りにしますので、どうぞご家来の一人に加えてください」

義経「お気持ちはありがたく戴いておくが、先ずは当家の弥栄(いやさか)が第一と思う。儂もそのためには全力で戦う覚悟です」

国衡「頼衡の気持ちも分かるが、先ずはここに居る全員が当家の主となった嫡男泰衡殿に協力し、鎌倉の出方をよく見ることだ。儂は父上の遺言にあるように、念珠と白河の警護に行く」

一同　「……承知しました」

四．鎌倉に訃報が届く

同年十一月　鎌倉御所

景時　「御所様、藤原秀衡が亡くなったとの報せが入りました」

頼朝　「うむ、儂にも入った。これで目の上のたんこぶが無くなったな。家督は嫡男泰衡が継いだとのこと。あ奴は正直者だが、気が弱いという。さて、どうするかだ」

景時　「早速（さっそく）鎌倉より義経殿を引き渡すよう使者を出すべきです」

頼朝　「それもよいが、恐らく秀衡から固辞せよと言われていると思う。儂の本音は、義経など最（も）早（はや）どうでもよい。それよりこの際、藤原が治めている黄金の国、陸奥出羽の全土が欲しいのだ。これは、天下統一のため、是非とも成し遂げねばならぬ」

景時　「しかり。ならば朝廷に奏上して、義経追捕の宣旨を願い出てはどうでしょうか」

頼朝　「成程、鎌倉が義経を討つとなると、兄弟の私怨になるな。朝廷より宣旨をもらえば大義名分が立ち、諸国の大名にも号令できる。藤原家にもこれを機に鎌倉幕府が武士の棟梁であることを知らしめす良い機会となるな。景時でかした。すぐにも朝廷に奏上せよ。気弱な泰衡がどう出るかだ」

景時　「畏まって候。公家衆には判官びいきが多いと思われますが、どちらが正しいか、これで公家共の眼も覚めるでしょう。早速取り掛かります」

（儂をコケにした義経め、儂は絶対に許さないぞ、完膚なきまでに叩き潰してくれる）

五．義経追捕の勅使来る

文治四年（一一八八）二月九日　平泉 泰衡館

忠衡　「お館様大変です。突然ですが朝廷よりの勅使が参られました」

泰衡　「何を。朝廷よりの勅使とは何事であらん。忠衡、粗相の無いようお迎えし、月見殿にお通ししろ。至急兄弟達を集めよ。今日のところはゆっくり休んで旅の疲れをとって戴き、明日人数を揃えてお話を伺うと伝えよ。湯を沸かし御馳走を用意し、歓待せよ。後刻儂も挨拶に参る」

忠衡　「承知しました」

同年二月十日　平泉 月見殿

泰衡　「某（それがし）は、当家の当主・藤原泰衡と申します。こちらに控えしは、私の兄弟四人と重臣の面々であります。本日は思いもかけずに朝廷よりの勅使様をお迎えし、当藤原家として初めてのことでございますので、何かと不都合があるかと存じますが良しなにお願い申し上げます」

勅使　「泰衡殿、歓待痛み入る。されば、泰衡殿に朝廷よりの宣旨を申し渡すので、そこへ直らっしゃい……『当主泰衡に告ぐ。藤原家に匿っていると思われる源義経は謀反人の疑いがある。よって身柄を確保し朝廷に引き渡すべし』……以上であらっしゃります」

泰衡　「はは、誠に恐れ多いことでございますが、以前亡父秀衡存命のみぎり、鎌倉よりも同様の御使者が参られましたが、秀衡は『そのような者は当家にはおりませぬ。もし見つけたならば直ぐに捕らえ、お連れ致します』と申し上げ、御使者達も納得してお帰りになったと聞き及んでおります。本日突然朝廷より謀反人とお聞きし、驚いております……また、そのような者は当家にはおりませぬ」

勅使　「黙らっしゃい。義経は都の検非違使でありながらも、朝廷に一言の断りもなく出奔した謀反人であらっしゃります。鎌倉殿よりも、ここ藤原家に匿われているとの訴えが出ておじゃる。隠すと御家の為になり申さじ。早々に捕縛し、お出しあれ」

泰衡　「はは、もしそのような者がおれば仰せの通りに致しますが、我らのあずかり知らぬこと故、お答えする言葉が見つかりませぬ。当家は代々朝廷には絶大の敬意を払ってきておりまする。先代亡き後この泰衡も、一度京に上り、帝に拝謁を賜ったばかりでございます。我等藤原家は、先代同様朝廷を敬う心根は少しも変わるものではございませぬ。先代からの申し送りも御座りませんし、某（それがし）は未だ当主としての日も浅くはありますが、藤原家の結束は盤石でございます……今後、もしそのような者がおりましたら、仰せのように致しまする……」

（鎌倉からの使者ならば、亡き父上の遺言通り斬って捨てるのだが……勅使を斬ったら当家が朝敵になってしまう……ウー困った。脂汗が出てきた……どうすべきか、ただひたすら恐れ入るしか方法が思い浮かばない……）

勅使　「御隠しになると当家の為にならっしゃりませんぞ。先代当主は義経に高館なる館を与え匿っておるとの確たる証拠も握ってあらっしゃりますぞ。早々にそこへお控えめされ」

泰衡　「……はは、しばらく、しばらくご猶予を賜りたく……すぐにでも探してご報告いたしますので……この度はこれにて……」

同日夕刻　平泉 泰衡館

泰衡　「さて、困った。まさか義経様捕縛の勅使とは思いもよらぬことだ……如何致したものか」

忠衡　「亡き父上は、義経様捕縛の使者は斬り捨てよと遺言されております。それが鎌倉でなく朝廷と言えど、鎌倉が差し向けたと同じことです。斬らないまでも断固とお断りして、使者を追い返すべきです」

頼衡　「その通りです。当主たる泰衡兄がそのように迷っていては示しが着きませぬ。義経様は素晴らしいお方です。亡き父上からも義経様を大将に迎え、戦えと言われ、お誓い申し上げたばかりですのに、何故当主の泰衡兄様が迷われるのか分かりません。泰衡兄様ができないなら、末弟の私が、何も知らないことにして斬り込めばよいことです。何なら、今すぐにでも……」

泰衡　「待て待て、事情が変わったのが分からぬか。馬鹿者めが。鎌倉の使者なら一大名の使者であるが、朝廷からの使者とは格が違うのだ。もし朝廷からの使者を斬れば、前代未聞で当家は朝敵となり、全国の大名や豪族を敵に回してしまうのだ。それができぬからこうして悩んでいるのだ」

頼衡「悩むこと自体がおかしいのです。結論は一つ。義経様を大将にして戦うことです。それとも兄者は義経様を捕縛し渡すつもりですか？」

泰衡「黙れ！　それもできないからこうして悩んでいるのだ……」

忠衡「もう夕刻になり申した。使者の方々の食事をどうされますか？」

泰衡「何、そうか。うんと御馳走して接待漬けにすべし。……それにしても困った。良い考えが浮かばぬ。国衡兄者はどう思われるか？」

国衡「某は当主の意見に従います」

泰衡（それはありがたいが、何か妙案を考えてくれねば困る。頼りにならない兄者だ……）

・・・・・・・・・・・・・・・・・・・

頼衡「もう外が白みかけ、朝になりますぞ。これでは埒があきません。某は父上の遺言通り使者を斬るべきと思います。それしか道はござらん。当主が判断できないなら、某が一人でもやりますぞ。それならば、末弟の暴走との言い訳がつくと思います。されば、家に帰って支度します。ごめん……」

泰衡　「待て、待て！　勝手は許さん。軽挙妄動は許さんぞ！　されば月見殿を警護の名目で五百名の武装した兵で取り囲め。義経様の居所は当方で探すこととし、勅使の方々の外出は禁止し、手厚い接待漬けで帰ってもらう。これしかない」

一同　「承知」

忠衡　「義経様にはどのように報せるのですか？　勅使が来たことは既に耳に入っていると思われますが……」

泰衡　「とりあえず勅使の方々が帰るまでは黙って見ておれ。帰った後相談する」

翌朝　平泉 月見殿

勅使　「泰衡殿、この館の周りを多数の武装した兵が蟻の入る間もないほど取り囲んでおじゃるが、こは何としたことぞ。まさか、我等を成敗されるおつもりであらっしゃるか？」

泰衡　「とんでもございませぬ。義経がいるかどうか只今探索しておりますが、もしや義経がここを襲わぬようお守りした次第で、全く他意はございません。ささ、酒も肴も用意しました。給仕の女子共、丁寧に接待申し上げよ」

勅使　（これじゃ針の莚でおじゃる。早々に引き上げ、泰衡謀反の疑いありと奏上しよう）

六．兄弟会議

同年二月十二日　平泉 秀衡館

泰　衡　「やっと勅使の者達が帰ったが、これからどうするかだ。鎌倉はこれで満足せずまた勅使派遣を奏上し、難癖をつけるに違いない」

頼　衡　「何も話し合うことでは無いと存ずる。話し合うべきは、次の使者こそ斬り捨て義経様を大将にして臨戦態勢をどう整えるか指示を仰ぐことです」

泰　衡　「待て、待て。それでは当家は朝廷の仰せに刃向かうことになり、朝敵となるぞ。当家は代々尊王の家柄である。儂が朝敵になることはどうしても避けたい」

忠　衡　「兄者は、義経様の首を討てと仰せか？　それを我等に言わせて自分は本意でなかったと言うつもりか？」

頼　衡　「その通り。亡き父上の遺言に叛いて、自分だけ良い者になろうとするとしか思えませぬ」

泰　衡　「何を言うか。そんなことは一言も言っておらん。末弟で充分な兵力も持たない者が、無責任なことを言う資格などない」

頼　衡　「何という言い草か。某（それがし）は義経様こそ我が家の当主に相応しいと、前々から思っておりまする。泰衡兄がここまで優柔不断で臆病だとは思ってもいなかった。資格が無いものがここに居ても詮方なし。されば失礼仕る」

忠衡「頼衡、待て、待て！　国衡兄も何とか言ってくだされ。あー出て行ってしもうた」

国衡「………」

泰衡「もうよい。当主の儂の言うことを聞かぬならば、もう一族ではないと思え。国衡兄者、何時までも黙っている訳にもいかぬ故、一度義経様とも相談しようと思うが、如何(いかが)思われる？」

国衡「儂も同じことを考えておった。義経様と早急に話し合うべし」

七．義経との話し合い

同年二月二十五日　平泉 泰衡館

泰衡「義経様、本日は特別ご相談したいことがあり、国衡兄と三人だけでお話ししたいと存じ、来て戴き申した。実は、過日突然朝廷よりの使者が参り、恐れ多くも『義経様を捕縛せよ』との綸旨を告げられ申した」

義経「知っておる。先日忠衡殿が知らせてくれた。それで……」

泰衡「我らは亡き父上より『鎌倉より使者が来たらその使者を斬り捨て、義経様を大将に仰ぎ鎌倉と戦い、この奥州の陸奥出羽の二国を守り抜け』との遺言に従い、その覚悟でおりましたが、思いもかけず朝廷からの勅使が参り、『義経様を捕縛せよ』との綸旨を告げられ、大いに戸惑っているのでござる」

義経　「さもありなん。儂も鎌倉より追討の使者が来たらば、逆に先手を打ってこちらから鎌倉を逆襲して、頼朝兄を討ってしまえばよいと考えておったが……」

泰衡　「何、逆襲と言われるか。何か良い手立てがあり申そうか？」

義経　「なに、簡単なことでござる。ことの発端は鎌倉の頼朝兄が朝廷に強要して出された勅使であるからして、頼朝兄を倒せば済むことです。それには、国衡殿より兵を五百人程お借りし、白河の関あたりの海岸より船を仕立て、夜陰に紛れて鎌倉を急襲すれば、鎌倉は恐らく海より儂が攻めてくるとは思っておらず、油断しておると思うので、そのまま御所に攻め込み、頼朝兄を討てば済むのでござる」

泰衡　「成程、流石は義経様、我らが考えもつかないことをおっしゃる。しかしながら、この度は朝廷よりの勅使につき、逆らえば朝敵となり……この度は言を左右にして帰って戴き申したが、重ねてくるのは必定。如何（どう）すればよいかと、思いあぐねております」

（なんと、戦船で鎌倉を奇襲するとは前代未聞じゃ……されど、必ず成功するとは限らないではないか。このように博打のような話には乗れない……）

義経　「左様、なれど朝廷は鎌倉殿の傀儡（かいらい）のような存在であるが……勅使は勅使、軽々には扱えぬか……」

（問題は後白河法皇様がどう判断されるかだ……法皇様は兄頼朝がお嫌いだから、儂を守ってくれると思うのだが……）

泰衡　「毎年この時期、当家から朝廷への貢物を運び献上してござる。これもどうしたらよいものか国衡兄と話しておりまする」

義経「それは、今まで通り献上すべきでござる。儂のことは知らぬと言っておきながら、献上を取りやめたら、それこそ反旗を掲げたことになり申す。問題は後白河法皇様がどう出るかでござる。某の検非違使の任も、朝廷ではなく後白河法皇様より戴いたもので御座る故、万一院より同様な綸旨が出たときはどうすべきか、某も思い悩んでいるところでござる」

泰衡「鎌倉殿との戦いならば大名同士の私怨で問題は御座らんが、朝廷からの勅使とは思ってもみなかったのでござる……それで、これは一案でござるが、義経様にはこれより蝦夷に逃れていく訳には参らないでしょうか？　いやいや、冷たい仕打ちではなく、朝廷の力の及ばない蝦夷地に逃れたら、たとえ朝廷でも手が出せないと愚考致したしだいです。かの地は当家とも繋がりがが少しあり申す……当家は熊の皮や砂金等を、蝦夷地にあるピラウトル（現・平取）という所に住む部族の者と取引をしておるのです」

義経「なに?!　蝦夷へとな……」

（蝦夷とは北海の遠い所だな。当主泰衡殿は前々から優柔不断だと思っていたが、やはりもはや頼りにならぬな……）

泰衡「左様、かの地で味方を募り、義経様が大将となれば、我が藤原家も総力を挙げてお力添え致しまする」

（義経様さえいなくなれば、あとは何とでもなるというもの……）

義経「蝦夷か……いやいや、ご当家には若い頃育てて戴いた恩もあり、はてまたこの度、こうして助けて戴いておる大恩がござる。儂の為にこれ以上ご当家にご迷惑はかけられぬ……。分かり申した。ご当家の弥栄を願い、蝦夷地に行く方向で家臣と相談致そうと存ずる。準

泰衡　備する故、いま少し時間を下され」
「左様でござるか。誠に申し訳ござらん。決して義経様を蔑ろにしているのではございません。これは亡き父秀衡が三代にわたって築きあげたこの陸奥出羽の二国を何としても守り抜きたいとの一念からの発案でござる。ご快諾戴き、衷心より感謝申し上げまする。蝦夷地に行く道は、岩手から青森の十三湊へ行き、そこから船を仕立てることができ申す。誰か道案内できるものをお付けいたします」

義経　「それはありがたい。されど、もしかすると儂の愛妾である静と申す者が訪ねて来るやも知れぬ。その時は儂が戻るまで、充分に世話をしてもらいたい。お願い申す」

泰衡　「静御前のことは噂にて聞き及んでおります。なんでも吉野山で捕らえられ、鎌倉に送られて尋問され、疑いが晴れた後、鎌倉殿の強い要請で、白拍子の舞を舞ったとか。その後一緒に来た母上と京へ戻ったとか。しかし、可哀想なことにその折り懐妊しているのが知られ、赤子が生まれるまで鎌倉に留め置かれ、その子が男児だったが故に、鎌倉殿の命で命を奪われたと聞いております」

義経　「何！　男子が生まれたのか、そして殺されたと！　うぬ頼朝め、そこまで儂が憎いか！　許せぬ！　いつか必ず我が子の仇を討ってやる。それまで待っておれ！　分かった！　鎌倉がそこまでするならば、儂がいる限りここに攻めてくるに違いない。儂の為に、世話になった藤原家にこれ以上ご迷惑をかけるわけにはいかぬ。
　一旦その蝦夷地とかに身を隠し、力を蓄えてから鎌倉に攻め上り、頼朝を討ってやる。三年も経てば朝廷の勘気（咎め）も解けるであろう。その時は泰衡殿もご援助戴きたい」

国衡　「勿論でございます。その時は当家を上げて、必ずお味方致しまする。早速（さっそく）、蝦夷地までご案内できるものを人選致します」
義経　「かたじけない。これより戻り家臣とも相談するので、若干日時をいただき、また打ち合わせ致そう」
泰衡　「畏まりました」

八．義経、蝦夷行きを決意

同日　平泉 高館（義経館）

義経　「郷よ、折角難儀してここ平泉に来たが、また旅立たねばならなくなった」
郷御前　「泰衡殿と打ち合わせしているご様子で、何かと心配しておりました。顔色も冴えませぬが、郷は大丈夫でございます……」
義経　「うむ、鎌倉が奏請したに違いないが、朝廷より『義経追捕』の勅使が来たそうだ。今回は知らないと言い張り何とか帰したが、何時（いつ）か必ず次の勅使が来る様子。次には後白河法皇様の院旨をも持った勅使も来るかもしれぬ。鎌倉が攻めて来たら儂を大将に泰衡殿も戦うと申しておったが、勅使となると別で、これに逆らえば朝敵になってしまう。昨日、泰衡・国衡兄弟と打ち合わせをし熟慮した結果、我らは近く蝦夷地へ逃れることとした」

郷御前「まあ、蝦夷でございますか……あの北の果ての……」

義　経「うむ、あそこならば朝廷の力も及ばぬ故、三、四年経てば勘気も解けるだろう。そこで力を蓄え、藤原家の力を借りて鎌倉に攻め上り、今度こそ頼朝兄を倒し、儂が征夷大将軍になってやる。蝦夷地は遠く、未開の地じゃ。幼い子もいるが、お主はどうする？……」

郷御前「勿論ご一緒に参ります。ここへ来るときも乳飲み子の鶴姫を連れての旅でした。それに比べれば、蝦夷地への旅も大丈夫です。私は義経様の室です。何処までもお供いたします」

義　経「ありがたい。儂も郷とは離れたくない。また再び辛い目に遭わせてしまうが、共に乗り越えよう。二人の子供だが、鶴姫はここへ残し、亀若丸だけを連れてまいろう」

郷御前「えー！　嫌でございます。鶴も亀も一緒に連れて参ります」

義　経「いやいや、乳飲み子の亀若丸は、前と同じく負ぶって行けるが、三歳になった鶴姫を負ぶうのは無理で、自分で歩かねばならぬ。しかし、これからの険しい道は幼子には無理だ。昨日泰衡殿より聞いたことだが、静が捕まり、鎌倉で尋問されたらしい。結果として『我らのことは何も知らない』の一点張りで通し、鎌倉もこれを認め許されたが、子を孕んでいることが分かり、頼朝兄が『鎌倉で産ませ、女児ならよいが男なら殺せ』と命じ、産んだ子が男児だったため、取り上げられて殺されたそうだ」

郷御前「まー、静様が……お可哀そうに……」

義　経「うむ、それ故、鶴姫はここに残しても大丈夫だ。そうだ、出羽には亡き佐藤兄弟の実家があり、この前そこを訪ねて当主の佐藤基治殿に会い、亡き佐藤兄弟がそれぞれ残した二人の男の孫たちの元服を、昨年亡き秀衡殿が烏帽子親になって行ったが、儂が名付け親になっておる。鶴を基治殿の養女にしてもらい、後年どちらかの孫の嫁にしてもらおう。されば、万一我らが亡くなっても、我らの血筋は残るのだ。郷よ、それで納得してくれ」

郷御前　「……はい、分かりました。それにしても静様はお可哀そうに……。殿様、もしかして静様はこの平泉に来るかもしれませぬ。私ならそうします……」

義　経　「うむ、もし来たなら、ここに匿ってくれるよう泰衡殿に頼んできた。泰衡殿も快諾してくれた。儂はかの地で味方を増やし、力を付けて必ずここに戻って参る。その時こそ、藤原家と一緒になって鎌倉に攻め入り、頼朝を討って、儂が源氏の大将になってやる。それまでの辛抱じゃ」

郷御前　「はい、殿様ならきっとできます。私は何処までもご一緒致します」

……………………

義　経　「弁慶、皆集まったか」

弁　慶　「はい、先の会津の津で足をくじき、置いて来た常陸坊海尊が傷も癒え、この前戻って来ました。ここにおるのは、片岡八郎、伊勢三郎、駿河清重、黒井景次、鷲尾三郎、備前平四郎、佐藤三郎、佐藤四郎、宮部卿頼然、下部鬼三太、杉目太郎幸信、亀井六郎重清、鈴木佐三郎重家、増尾十郎権頭、依田弘綱、そして海尊等々、総勢二十一名の者達で、全員集まり申した」

義　経　「皆の者に申す。知っての通り藤原家の大殿秀衡殿が昨年十月に亡くなられたが、それを知った鎌倉が今度は朝廷を脅して、この儂の『追捕の宣旨』を要請し、過日その勅使が当主である泰衡殿の館に来たそうだ。

　泰衡殿は『判官様が来ているとは、知り申さず。匿っておりません。見つけたら捕らえて京に送ります』と言って帰したそうだ。誠に有難いことだ。しかし、鎌倉は執拗に儂の追捕に拘（こだわ）っておる。鎌倉が相手ならば、亡き大殿の遺言に従い、当主泰衡殿と力を合わせて鎌倉と戦い、逆に鎌倉まで攻め上り、頼朝を討つつもりであったが、この度参られたのは朝廷の勅使であった。朝廷に逆らい朝敵となる訳にはいかない。

　泰衡殿は、この度は『知らぬ存ぜぬ』を通してお引きとり戴いたそうだが、次にはさらに強い院旨まで出る可能性がある。儂は後白河法皇様に楯突く訳にはいかない。また、大恩ある藤原家にこれ以上迷惑をかける訳にもゆかぬ。そこで泰衡殿と国衡殿三人で話し合った結果、儂が再び身を隠すことになった。

　行き先は、蝦夷の地である。ここなら朝廷の力も及ばない。未開の地で儂もよく知らないが、藤原家は現地のアイヌとか申す部族と、砂金やクマの毛皮等の取引をしており、ある程度知っておるそうだ。儂はそこへ行き、味方を募り、勢力を蓄え、再び藤原家と力を合わせて鎌倉に攻め上ることとした。

　蝦夷地への道は険しく、また難儀する旅となる。そこでお主らの存念を尋ねる。年老いた者、体を壊している者、ここで家族を得て、旅に疲れた者達が『この地に残る』とか、『国に帰る』と言われればそれで良い。儂と一緒に来たいと思う者のみ、弁慶に申し出てもらいたい。近日中に旅立とうと思っておる」

弁慶「方々、我が君のお話は以上である。この地で家族を持った者もいる。よく考え、明日までに某(それがし)に返答されい。勿論儂は、我が君について行く。以上である」

同年四月十三日　平泉 泰衡館

義経「泰衡殿はじめ藤原家の方々に申し上げる。この度朝廷より『義経を捕縛せよ』との勅使が来たが、泰衡殿が『そのような者は知らぬし、匿ってもおらぬ』の一点張りで、勅使を追い返されたことに、義経改めて感謝申し上げる。これは鎌倉が仕組んで朝廷を動かしたもので、鎌倉の陰謀であることは明白であるが、朝廷の勅使に逆らえば、即ち朝敵となり、藤原家の存亡にかかわる重大事案である。鎌倉が正面に出てくれれば、義経も亡き大殿の遺言通り、先頭に立って戦い、鎌倉まで攻め上って頼朝の首を取るつもりだったが、勅使に逆らうことはできない。加えてこれ以上、大恩ある藤原家にご迷惑を掛ける訳に行かない。従って我等一党は、泰衡殿の申される通り、近日中に蝦夷地に向かって旅立ち、捲土重来を図ることにした。藤原家の親身のご対応に改めて感謝申し上げる」

泰衡「只今の判官義経様の御言葉、誠にありがとうございます。蝦夷への道は険しゅうございますが、青森の十三湊までは我が藤原家の領土に付き、十三湊の当主安東氏は亡父秀衡の弟でござる。亡父からの遺言状もあることから、いつでも判官義経様一党を歓迎してくれるはずです。平泉はお任せください。必ずや朝廷を納得させ、その暁には、再び判官義経様をお迎えし、鎌倉に攻め入る所存です」

国衡「当主、泰衡の言う通りでござる。ご英断、この国衡よりも感謝申し上げる」

忠衡　「お待ちください。兄上達、それは卑怯というもの。亡き大殿が泣いていますぞ。何故、今すぐ鎌倉に攻め上らぬのですか。某（それがし）は承服できませぬ」

頼衡　「忠衡兄の言う通りです。泰衡兄も国衡兄も怖気（おじけ）付いたか。情けない。我らは大殿の遺言通り、判官義経様をお守りする義務があります。義経様が大将になって下されば、東北の諸将もみな味方するはず。どうして鎌倉に攻め込まないのですか⁉」

泰衡　「黙れ頼衡、これは判官義経様との話し合いで決めたこと。末弟のお主が口をはさむべきではないわ」

頼衡　「黙れとは何という言い草だ。それが当主の言う言葉か。許せん。末弟といえども儂にも許せない矜持（きょうじ）がござる。今日限り、儂から兄弟の縁を切る。これにてご免！」

泰衡　「待て、待て、頼衡！　判官様の御言葉を良く聞け！」

義経　「儂は逃げるのではなく、捲土重来を図るために蝦夷に行くのだ。すぐに鎌倉を攻めるのは容易（たやす）いが、恐れ多くも後白河法皇様には弓を引けない」

頼衡　「敵は鎌倉です。まだ院旨の勅使は来ていない。来る前に鎌倉を攻めればよいだけです。泰衡兄の優柔不断が、当家を滅ぼしてしまいますぞ。最早（もはや）、問答無用！　某（それがし）は判官義経様を立てて鎌倉に攻め上ります。御免！」

泰衡　「おのれ頼衡、勝手は許さん！」

忠衡　「お館様、今は兄弟喧嘩している場合ではござらん。それより判官義経様は蝦夷への道を知っていなさるのか？　闇雲（やみくも）に行けば道に迷い、野盗に襲われる危険すらある。義経様の身の安全をどうして守るのですか？」

泰　衡　「それは……十三湊までの道筋を図面にしてお渡しし、詳しく説明すれば……」

忠　衡　「平時ならばそれも良いが、今は非常時ですぞ。この平泉は敵の間者が多数入り込んでいる様子。街道を大人数で行けば……」

泰　衡　「……されば、岩手の釜石から八戸を廻り、山越えして……」

忠　衡　「そのような険しい道、山道を知らぬ者が通れるものではござらん。某は今決心し申した。ここで兄者達と兄弟の縁を切り、頼衡を連れて義経様と共に蝦夷に行きます。蝦夷への道案内を仕る。某は亡き大殿の命で、金売吉次の船で蝦夷に行ったことがあり、向こうの様子や、アイヌの言葉を少し知っていることから、義経様のお役に立つと存ずる」

杉目太郎　「お館様に申し上げます。義経様が蝦夷地を目指して旅立った後、高館の館に誰もいなくなれば、鎌倉の間者にすぐ気付かれますぞ。その時お館様は勅使にどう言い訳をされますか？　できるはずがございませぬ。されば、某が家族と共に義経様の影武者として入らんと存じまするが……」

義　経　「待たれい、それはいかん。もし鎌倉が攻めて来たらば、杉目太郎、お主が真っ先に討たれてしまうぞ」

杉目太郎　「勿論承知の上でござる。そもそも、かつて義経様が鎌倉に行かれた時、某は故佐藤兄弟と共に参るべきところ、母親が病で伏していたことから、ここに留まったことが悔やまれ、忸怩たる念で悶々としておりました。それでこの度、義経様が平泉に参られても、自分からご挨拶にも行けず、鬱々としていたところ、義経様自ら我が家を訪ねて来られ、声を掛けて戴きました。それで、某の迷いは払拭され救われ申したのです。

この上は故佐藤兄弟と同じく、我が身を挺して義経様のお役に立つ所存であります。追手の日に物を見せてやります。さもなくば故佐藤兄弟に怒られまする」

泰衡　「天晴だ杉目太郎。義経様、杉目太郎の赤心を認めて戴き、お許しくださるよう、某からもお願い申し上げます」

義経　「許すも許さぬも、儂こそ感謝の念でいっぱいである。杉目太郎、儂は蝦夷で力を蓄え必ずここに戻って来る。そして藤原家の方々共に力を合わせて鎌倉に攻め上り、鎌倉を倒して征夷大将軍になる所存。それまで我が高館をお主に預ける。立派に守ってくれ！」

杉目太郎　「畏まって候。我が願いを認めて戴き、誠にありがとうござりました！」

頼衡　「されば某はこの高館に残り、杉目太郎殿をお守り致します」

義経　「それはありがたい。されば各々方、近日中に出立致す。泰衡、国衡殿、今までのご恩忘れるものではござらん。ありがとうござった」

＝第十章　義経蝦夷へ旅立つ＝

磯禅師

文治四年（一一八八）四月十八日、義経様は一族郎党と共に高館を出て、未知の蝦夷地を目指し旅立ったのでありました。

旅立つにあたり、幼子二人を連れて行くのは無理と判断した義経様は、三歳の鶴姫を故佐藤兄弟の父佐藤基治の養女にお願いして残し、乳飲み子の亀若丸だけを連れて蝦夷地に旅立ったのでありました。

東北の四月はまだ寒く、山間にはまだ雪が残っている所もありますが、所々に咲き始めたこぶしの花が綺麗な時期でありました。出発の前日、義経夫婦は幼子二人を連れて東稲（たばしね）山麓にある佐藤基治の役邸に行きました。そして密かに蝦夷に行くことを話し、鶴姫を基治の養女にすることを依頼し、基治もこれを快諾しました。

翌朝義経様と郎党二十五名は、東稲山山頂に集まり、ここより蝦夷を目指し、先ずは渡海できる十三湊の安東家を頼って出発したのでありました。

一．義経、佐藤基治の役邸へ行く

文治四年（一一八八）四月十七日　佐藤基治屋敷

基治　「これはこれは判官義経様良くおいで下されました。また、昨年は我が佐藤家の二人の孫の元服式を催して戴き、誠にありがとうございました」

義経　「いやいや、今、儂がこうしておるのも、お主の子である亡き佐藤兄弟の命を賭しての働きがあったからである。儂の方こそ感謝致しておる」

基治　「過分なお言葉、身に沁みてありがたく、早速、墓前に報告致しまする。ところで本日の急なお出ましのご用件は？」

義経　「本日は、折り入っての相談があって罷り越した。実は、過日朝廷より『義経追捕』の勅使が参ったが、泰衡殿の機転でそのような者は知らぬことで押し通し、帰ってもらった。しかし必ず次なる勅使が来るのは必定。これに逆らえば、藤原家が朝敵になる恐れがあることから、この度、我等一党は平泉を出て蝦夷に渡り、捲土重来を期すことを決意した。

　そこでお主に頼みがある。我が三歳の娘・鶴を、お主の養女として引き取ってはくれまいか？」

基治　「何と。鶴姫様を私めの養女にでございますか……それは思いも及ばぬもったいないお話でございます。判官様の仰せとなればいかようにも致しますが……その訳をお聞かせ願いとう

郷御前　ございます」

郷御前　「私は、義経の室の郷と申します。我が娘の鶴は乳飲み子の時、都から平泉まで負ぶって連れて参りました。この度は別に乳飲み子の嫡男・亀若丸がおり、幼子二人は連れて行けませぬ。どうぞ娘の鶴の世話をおねがい致しまする」

義　経　「鶴姫をお主の養女としていただき、いずれの日か、この前元服したお主の孫であるどちらかの嫁にしてもらいたい。杉目幸信はここに残して行く。これで亡き佐藤兄弟の至誠に酬（むく）いるもので、儂の血筋も残るのだ」

基　治　「これは恐れ多いことで、佐藤家にとって望外のことでありますが……分かり申した、謹んでお受けいたします。この上は某（それがし）の実家で、福島の白河にある我が城、大鳥城にお連れし、大切にお育て申し上げます」

郷御前　「ありがとうございまする。これで我ら夫婦も安心して旅立てます。鶴や、こちらにおいでなされ、昨夜話した通り、このお方が鶴の新しい義父上じゃ。義父上の言うことを良く聞き、元気で過ごすのじゃぞ」

鶴　姫　「はい。……鶴でございます。宜しくお願い致します。母上そして父上、鶴は元気で過ごします。幸信様もおられる故、寂しくはありませぬ」

義　経　「ようできた。されば基治殿よろしく頼む」

基　治　「畏まって候。されば今宵は我が家に泊まり、親子水入らずに過ごすがよかろうと存じます。湯など使ってゆっくりお過ごしくだされ」

郷御前　「ありがとうございます。心温まるお言葉に甘えさせて戴きます」

同年四月十九日早朝　東稲山頂

義経「弁慶、皆集まったか？」

弁慶「は、我らは昨夜、束稲山を目指し、ばらばらになって密かに平泉を出て、全員集まり申した」

義経「皆の者、よくぞ集まってくれた。礼を申す。ここから平泉が良く見える。この山は、五月になると先々代の藤原清衡殿が植えられた桜の花が満開となり、花の御所とも呼ばれた所だ。暫くの別れじゃ、目に焼き付けて置け。
　されば出発だ。ここにおられるは、藤原家の忠衡、頼衡兄弟である。忠衡殿はかって蝦夷に行ったことがあるとのことで我等と同道し、道案内をしてくれることになった。頼衡殿は途中まで同道するも、平泉に帰り、儂に扮した杉目太郎を守ることになった。されば忠衡殿、よろしくお頼み申す」

忠衡「心得ました。これからまずは東夷の海に近い釜石方面に行き、そこから北上して八戸方面、更に十三湊と申す所を目指してまいります。最初は亡き父、秀衡が若かりし頃住んでいた餅田城跡の麓にある土谷郷を通り、猿沢の池のある観福寺を詣で、近くにある亀井六郎殿の実家に泊めてもらうことにします。亀井殿、道案内を頼みます」

亀井「心得た。観福寺は真言宗の古刹で、本山は仙台の別格本山龍寶寺でござる。御本尊は不動明王様でござる。この岩山の三十段の石段を登ると、三間四方の欅（けやき）造りの観音堂が正面に祀ってござる。儂と鈴木三郎殿は異母兄弟で、この境内でよく遊んだものでござる」

……………………………………

片岡「フー、急な階段であったが、ここまで来ると見晴らしがよいな。お方様、大丈夫でござるか?」

郷御前「はい、汗が出ました。まー、立派な欅造りの観音堂ですね」

弁慶「されば、皆でこれからの安全祈願を致しましょうぞ」

一同「ノウマクサマンダバザラダン、センダマカロシャダ、ソワタヤウンタラカンマン……むっむつむつ、かんかん、そわかそわか、おんころおんころ般若心経……」

住職「これはこれは、大勢のお武家様の御参りを戴きありがとうございます」

亀井「住職殿、亀井六郎でござる。お久しゅうございます」

住職「おうおう、六郎殿と三郎殿でねえか。いつ帰ったがね」

亀井「こちらにおわしますは、我らが主人の判官源義経様とお方様と若君でござる。また、こちらは藤原忠衡様でござる。住職殿、内密でござるが、我らはご主君義経様を始め二十四名、これから密かに十三湊から蝦夷に参る途中でござる。我らがここに参ったのは他言しないでくだされ」

住職「わがったがね、安心しなせ。我等陸奥出羽の者達は藤原家と一心同体。みな口が堅いがね」

亀井「ありがとうござる。されば我らが大願成就を願って、儂の笈を奉納させていただきたい」

住職「それは感心のことだがね。されど笈が無ければ困るだろうに。そうだ、儂が若いころ使った笈が一つ、蔵にしまってあるだがね。それを、代わりに持って行きなされ」

亀井「ありがとうござる。住職殿の笈を戴ければ百人力、きっと願いが叶いまする。さればご一同、今宵は近くにある儂が実家に泊まろうと存じる」

一同「それはありがたい。宜しくお願い申す」

二. 弁慶の棟

同年五月一日　江刺 田原の里

弁慶「昨夜は猿沢郷の亀井六郎の実家に世話になった。そこを朝出て馬で一日の距離、江刺の田原の里に着き申した。ここは我らが平泉に来てから、儂が世話になっていた庄屋殿の屋敷がござる。ゆっくり寛いでくだされ」

義経「有難い、東北はまだ寒い。こうして屋根の下で泊まれるのは何よりありがたい。郷、疲れたか？　顔色が悪い」

郷御前「大丈夫でございまする。つい、鶴姫のことを思い出し、如何しておるかと不憫に思い、ぼーっとしていました。でも亀若丸はこのように元気です。屋根の下で乳をやれる。この上もない喜びです」

義経「うむ、体を愛(いと)えよ。いま郷に倒れられては困るのだ」

郷御前「はい殿様、頑張ります。おーよしよし良い子だ」

亀若丸「ウー、ばぶばぶ……」

弁　慶「おー、元気な御子じゃ。それ、儂が高いたかいをして進ぜよう。それー高いたかいだー」

亀若丸「キャー、キャー」

郷御前「これこれ、弁慶がやると、この子が壊れてしまいますぞ」

伊　勢「ははは、若君にかかると、弁慶も好々爺だのー」

弁　慶「うるさい。ほれ、お方様にお返し申す。儂は屋敷の台所へ行って、何か食べ物を探して来るわい」

下女1「わー、でかいお坊様が来ただ！」

弁　慶「御免！　我らは今晩お世話になる者、総勢二十四名程だが、何か食する物はないかの？」

下女2「田舎だで、なんもねえけど……自慢のたくあんと昨年の秋にできた栗なら、たんとありますがな」

弁　慶「おー、栗とは有難い。そのたくあんと栗を戴きたい。なに、我等飯炊きは馴れたもの、我等が庭先でやり申す」

下女1「白米はねえども、玄米と麦ならいっぺいあるだ。栗は俵(たわら)にへえっているけど、どれほどいるだがね？」

弁　慶「御免、さればその栗を一斗程と、玄米を七升程分けてもらいたい。そしてその大釜を貸してくだされ」

下女2「ほんだまー、ごめんごめんと、体に似つかず礼儀正すい坊さんですこと。うんだらば、わだすらも手伝うべ」

片　岡　「おー、粟が入った玄米飯だー！　これは凄い。ウン、美味い、美味い。何杯でも食えるぞ」

下女2　「はー、男しの食べるのはすさましいべ。もう釜の底が見えてきただ」

下女1　「うんだども、なんとまー礼儀正すい人ばかりだねし。その辺のえばっている役人と大違いだのし」

下女2　「ホホ、全くだ。弁慶さま、食事を終えたらば、泊まる部屋へ案内すますだ……こちらでごぜいやす」

弁　慶　「御免。おー、これは立派な部屋だ。各々方、今日は畳で寝れるぞ。お女中、ありがとうござる。我が君とお方様やお子様は別棟であるな。伊勢三郎殿、何時ものように二人ずつ交代で見張番を付けてもらいたい」

伊　勢　「心得た」

下女達　「こんなんに大勢の男衆は初めて見ただ。それにあの弁慶と申される大きなお坊さん、『ごめん、ごめん』と何と礼儀正しいお方だべ。これからこの棟を『弁慶の棟』と呼ぶだがね」

義　経　「郷よ、ようやく落ち着いて眠れる。疲れたであろう、ここで三日ほど休んでゆく」

郷御前　「いえいえ、私は大丈夫です。武家の娘は強いのです。それにしても鎌倉から都に戻られた静様は、今頃どうしているのでしょう？　最近、時々夢に見ます。私ならあなた様を追いかけて……」

義　経　「うむ、儂も時々夢に見る。もし平泉に訪ねて来たら、儂らが帰るまでそこで匿ってくれるよう泰衡殿に頼んできたので大丈夫であろう。我らが目指す蝦夷はまだまだ遠い。それまで体を愛（いと）えよ」

郷御前　「ありがとうございます。亀若丸の為にも頑張ります」

＝第十一章　忠臣杉目太郎の最期＝

磯禅師

平泉の藤原泰衡殿に「義経追討」の宣旨を持って行った勅使が、何の成果も得ず虚しく帰って来たことを知った鎌倉殿は、即座に朝廷に更なる勅使派遣を依頼するとともに、後白河法皇様にも院旨を発するよう強く申し入れ、ついに法皇様も折れ「義経追討」の院旨を出されたのでありました。泰衡殿は、「義経がおれば捕縛し討ち果たす」との起請文を朝廷に送ったりして時をかせいでいましたが、もはや抗しきれずと判断し、文治五年（一一八九）四月三十日未明、千人もの軍勢で高館を襲ったのです。

高館には義経様の影武者、杉目太郎殿と、泰衡殿の末弟頼衡殿が少数の兵士とおりましたが、杉目太郎殿は、『義経様の館を汚すのは恐れ多い』として、妻子と共に敷地内の持仏堂に籠り、火を放って自決しました。その時頼衡殿は、堂内の毘沙門天像に衣を着せて入口前に立たせ、あたかも弁慶が守っているかのように敵の眼を晦(くら)ませ、恐れた敵は遠矢を射かけるばかり。後で偽物と分かり悔しがりました。頼衡殿は果敢に戦いましたが多勢に無勢、すぐに敗れてしまいました。泰衡殿は杉目太郎殿の首を『義経様の首』として鎌倉に送ったのですが、その甲斐もなく頼朝様の軍勢に敗れ、それが藤原家の滅亡の始まりでありました。

一．後白河法皇より『義経追討』の院旨が下る

文治五年（一一八九）四月十二日　平泉 泰衡館

泰衡　「国衡兄者、都より朝廷の勅使に合わせ、後白河法皇様の勅使が参り、『義経追討』の院旨が下った。もはやこれまで、これ以上は抗しきれない」

国衡　「やむを得ない。この上は高館を襲い、杉目太郎の首を取って京に送る外はないな」

頼衡　「お待ちください。お館様、それに国衡兄者。二人とも間違っている。影武者の杉目殿の首が偽物と分かったらどうされる？　それこそ逆賊となりますぞ。勅使といえど裏に鎌倉の頼朝が控えているからです。この際義経様を呼び戻し、一気に鎌倉に攻め上り、鎌倉に勝てばそれで済むことです。亡き父上の遺言通り、鎌倉と戦うべきです」

泰衡　「黙れ、末弟のお前が口を挟む場ではないわ、黙って我らの指示に従え」

頼衡　「黙れとはなんだ！　亡き父上の遺言を守れないようでは、最早（もはや）、当主でも兄でもない！　儂は、今ここで兄弟の縁を切らせてもらう。御免！」

国衡　「待て頼衡……」

泰衡　「国衡兄者、そんな奴は捨て置きなされ。部下の兵士もおらぬ末弟など、何もでき申さぬ。それより杉目太郎を討つとして、どうするかでござる」

国衡　「うむ。先ずは勅使に、『義経なる者を探して、捕まえ次第首を取り京に持参する』旨の起

請文を渡し、この度来ている勅使にお引き取りを願うのが先決だな」

二．義経の高館を急襲、杉目太郎自刃

同年四月三十日未明　平泉 高館

頼　衡　「杉目太郎殿、今夜半兄の泰衡、国衡の軍勢が攻めて来ますぞ。お逃げなされ！」

杉目太郎　「これは頼衡殿、かたじけない。よく知らせてくれた。もとよりこうなることは覚悟の上でござる。これで某（それがし）も亡き佐藤兄弟に顔向けができるというもの。立派に戦って自決する所存。頼衡殿は藤原家の方ですので、早々にここを立ち去られた方が宜しい」

頼　衡　「いやいや、亡き父の遺言も守れない腰抜けの情けない兄達とは、兄弟の縁を切り申した。某（それがし）も一緒に戦い、一泡吹かそうと存ずる」

杉目太郎　「それはかたじけない。さればこの高館を我らの血で汚すのは、義経様に申し訳ない。某（それがし）は妻と娘を連れて邸内にある持仏堂に入り申す。あとは宜しくお頼み申します」

頼　衡　「心得た。おー、ここには毘沙門天像がござる。これに僧衣をつけ、鎧を纏わせて入口の前に立てよう。我らの守り神になってもらおうと存じる。某（それがし）は杉目殿家臣と共に戦いますぞ。おー外が騒がしい。敵が攻めてきたようだ」

侍大将　「おー、高館に着いた。それ、門を壊して攻め入れ！　ギョギョ！　敵が入り口の前で待

ち伏せしておったぞ！　構わん、全員討ち取れ！」

泰衡兵1　「ワー、かかれ！　まてまて先頭に頼衡様がおられるぞ！　これでは攻め込めない」

侍大将　「構うな！　頼衡様は兄弟の縁を切られた。我らの敵ぞ！　先ずは義経を探し出して討ち取るのだ！」

泰衡兵2　「大将、高館の内には少数の武士と女子ばかりで、義経はおりませんでした」

侍大将　「ウーム、そんなはずはない。邸内をくまなく探せ！」

泰衡兵3　「オー、義経は邸内の持仏堂に籠っている様子。討て、討て！」

侍大将　「ギョギョ、大変だ！　持仏堂の前には、あの豪傑、弁慶が仁王立ちになっている！　これは敵(かな)わん、一旦退いて弓矢で射るしかない。引け、引け！」

杉目太郎　（おー、敵が引いた。頼衡殿は立派に討ち死にした様子。儂も立派に義経様の影武者の任を果たせた。もはや思い残すことはない。持仏堂に火を放ち自決せん！）

侍大将　「おー、全身に数十本の矢が刺さっても弁慶がびくともせず仁王立ちに立っている。矢をもっと放て。弁慶をやっつけろ。おー、持仏堂に火の手が上がった。こうしてはおれぬ。判官義経の首を取らねばならぬ。皆突撃だ！」

泰衡兵　「ワー！　突撃だー！　ギョギョ、弁慶だと思っていたら、これは毘沙門天像ではないか。どうりで倒れないと不思議に思っていたが、図られたか！　ワー、持仏堂は火の手が強く中へ入れない……」

同日　平泉 泰衡館

侍大将　「お館様、只今戻りました。持仏堂に籠り火を放って自決した義経殿の首を持参しました。他に北の方と見られる婦女と女の子の焼死体がございました。いずれも喉に刀で突いた痕があるので、間違いないと思います」

泰　衡　「大儀であった。下がって良い。国衡兄者、焼けただれてよくわからぬが、確かに影武者の杉目太郎の首でござる。はて、これをどうしたものか……」

国　衡　「先ずは朝廷と鎌倉に使者を出し、義経を討ち取った旨を報せ、その後の処置の指示を仰ぐのが宜しいかと思う。返事が着き次第、杉目太郎の首は、美酒を満たした首桶に入れて、持参しよう」

同年五月二十二日　鎌倉御所

景　時　「御所様、只今平泉の泰衡より飛脚が参り、義経殿を討ったとのことでございます。それで、首を京の御所に持参して良いかとのことでござる」

頼　朝　「何、義経を討ったと。それはでかした。されど首を京に持参されては困る。先ずはその首が義経本人のものか確認する必要がある。この鎌倉が先に首実検をしなければならぬ」
（京に首が着けば、判官びいきの輩が何を言い出すか分からぬ。儂の真の目的は義経の首ではなく、奥州に根を張る藤原家を滅ぼし、鎌倉武士が全国統一することにあるのだ）

景時「御意。されど判官殿は勘当の身であり、この鎌倉には入れないことから、前例に従い、腰越浦まで運ばせ、某と、判官殿を一番崇拝していた和田義盛殿の二人が出向いて確認するのは如何でござろうか？」

頼朝「うむ、それで良い。その期日は……六月九日が亡き母の命日で、鎌倉八幡宮で供養を行う予定があり、院よりの導師が既にこちらに向かっているとのことから、その後にするがよかろう」

三．首実検

同年六月十三日　相模国 腰越

隆衡「某は、奥州藤原家当主・藤原泰衡の嫡男で隆衡でござる。朝廷や院の勅命に従い四月三十日未明、判官源義経を追討し、その御首を朝廷にご披露するため運んで参ったが、鎌倉殿のご指示でその前に首実検をするとのことでここに参り申した」

（なんとしたことか。我らは礼服で二十人程なのに対し、平地に天幕を張り、五十騎もの騎馬武者が取り囲み、まるで戦場の本陣ではないか……）

景時「某は鎌倉殿の家臣、梶原景時と申す。こちらは同じく和田義盛殿である。鎌倉殿の命により、義経殿の御首を拝見し確認いたす所存。奥に用意した天幕の内で披露してもらいたい」

義盛　「おー、判官源義経様、なんと変わり果てたお姿にて、義盛言葉も出ませぬ……ウ、ウ、ウ……」
（何と、首は塩漬けでなく、美酒に入れてあり、討たれてから一月以上経っているので、良く見分けがつかぬ……）

景時　（ウームこれではよく分からぬ。しかし、お館様の目的が奥州攻めであることは明白。ここで時をかけてはいかんな……）
「おう、これは正に判官義経殿の首である。確認し申した。和田殿も如何？」

義盛　「確かに。なんともおいたわしい……」

景時　「されば藤原隆衡殿、この首は我らがお預かりし、朝廷にお報せします。これにてお引き取り下され」

隆衡　「左様でござるか……されど、我らが高館に攻め込んだ折の状況を説明すれば……我らが攻め込んだ折には、義経殿の家臣に予想以上に強く抵抗され、特に弁慶と申す者は義経殿が火を掛け自害された持仏堂の入り口前に仁王立ちに立って守り、数十本の弓矢が全身に刺さっても倒れず……我等も大変苦労し申した。この旨しかと朝廷にもお知らせくだされ……さればこれにて失礼仕ります……」

景時　（何、何の質問も、労いの言葉もない。あっさり過ぎる。失礼ではないか……）
「されば、我らもこのことを鎌倉殿に報告致す。これにて失礼致す」
（藤原家が義経を討ったことさえ明確になれば、事の真偽はどうでも良いのだ。鎌倉殿にとって『目の上のたんこぶ』の義経が居なくなったと知れれば、全国の諸将は鎌倉殿についてくる。これで藤原家も終いだ……）

同日　鎌倉御所

頼朝　「景時、義盛、二人共大儀であった。義経が高館でなく、何で持仏堂に籠って自決したか知らぬが、弁慶の武勇は全国の諸将に大いに喧伝せよ。義経が自決した良い証となる。次は藤原家の取り潰しだが、朝廷は義経自害ですべてが終わったとして、わしが願い出ても『藤原追討の宣旨』を出そうともしない。どうしたものか」

景時　「しかり、今一度院に願いでるしかございませぬ」

大庭　「大庭景能（かげよし）、お館様に申し上げます。既に各方面より義経追討の諸将が集まっております。これ以上彼らを留め置くことはできません。一旦集まった軍を解散すれば、再度集めるのは至難の業です。軍中では将軍の命令に従うが鉄則です。天子様の詔は関係ありません。まして泰衡は長年鎌倉殿の命に従わず、天子様すら偽って義経を匿ってきたもので、将軍がこれを罰するのに何のさわりも無いと存じます」

頼朝　「景能よくぞ申した。その通りだ、義経追討の宣旨は未だ有効で、義経を匿った泰衡も鎌倉の命に従わず同罪である。既に二十万の兵が集まっている。儂が陣頭指揮を執り、奥州成敗を実施する。
　景時、兵を越後国・下野国・常陸国の三方面に分けよ。東海道を千葉常胤（つねたね）、北陸道を比企能員（よしかず）、中央道は儂が自ら畠山重忠と共に出陣する」

景時　「はは、これで奥州出羽もお終いですな」

四．奥州藤原氏の滅亡

同年七月二十日　平泉 泰衡館

泰衡　「何！　鎌倉の大軍が攻めて来たと！　そんな馬鹿な、こんな理不尽なことがあるのか。朝廷は何をしているのか！　悔しい！　やはり亡き父上の遺言が正しかったか……やむを得ぬ、国衡兄者は白河の阿津賀志山（あつかしやま）（福島県国見町）に陣を敷き、儂は本隊を国分原（こくぶんはら）（現・仙台市）にて敵を迎え撃とう」

（ウム、儂は判断を誤った。やはり鎌倉の狙いは亡父の言う通り、この藤原家そのものを亡くすることであったか！）

国衡　「承知！　敵わないまでも、我が藤原家の意地を見せてやりましょうぞ！」

（やはり亡き父上の言う通り鎌倉の狙いは藤原家の滅亡であったか！　軍神義経様がいない今はどうしようもない。もはやこれまでか……）

五．泰衡の首

同年八月二十二日　平泉 鎌倉軍本陣

景時　「御所様、我が軍は阿津賀志山を拠点に守っていた国衡軍二万を攻め、これを攻め滅ぼし、平泉を目指して進撃しました。当主・泰衡は多賀国府（宮城県仙台市）近くに第二陣を敷いていましたが、国衡軍が敗れたことを知り、戦わずして平泉に後退し、館に火を放って更に北に落ち延びようとしたところ、家臣の河田次郎と申す者の裏切りにより討だれ、その者が首を持って参りました」

頼朝　「ふん、『雉も鳴かずば……』と言われるが、泰衡も当初から恭順しておれば、出羽一国の城主程にはなれたのに、家臣にまで裏切られるとは情けない。落ち目の主人を裏切り、首を持参した奴は武士の情けを知らぬ不届き者だ。そ奴の首を切れ。泰衡の首は三代藤原家の当主に相応しく、祖先の廟に葬ってやれ」

（しまった。泰衡が死んでは、黄金の在りかが分からなくなったではないか！　この戦は泰衡を殺さずに捕らえ、藤原が隠している埋蔵金の在りかを探る為でもあったのに、この不届き者は殺してしまえ！　これで黄金の在りかは永遠の謎になってしまったか！　残念だ。泰衡の亡骸は、先祖代々の棺と同じ棺に入れ、藤原の廟に祀ってやろう）

景時　「これで名実ともに鎌倉幕府による日本統一が出来ました。おめでとうございます」

頼朝　「喜ぶのはまだ早い。お主らが早々に義経の首を認めたが、儂はまだそれを信じていない。あるいはその首が影武者の者で、義経は、未だ変装して生き延びているかも知れぬ」

景時　「されば、義経殿と一緒に平泉まで来たと噂されている北の方を探すのが一番早いのではないかと存じます」

頼朝　「成程、北の方なら変装はできまい。北の方を見知っているのは同郷の畠山重忠だな。念のため畠山に、出羽周辺を探らせよ」

景時　「かしこまりました。早速そのように命じます」

＝第十二章　静御前、平泉へ＝

磯禅師

その頃、私・磯禅師の娘静御前は、失意のまま鎌倉から京へ戻った後、鎌倉からの監視を逃れるため、私と一緒に私の実家がある入野郷小磯へ逃れました。

そこで静は、平泉にいる義経様と再会すべく、京では産後の弱った体を鍛えようと、近くの山や神社の周りをひたすら歩いたのでありました。しかし一年たっても緩むどころか、益々監視の目が強くなってきたので、ある日密かに小磯を離れ、私の親戚のいる小豆島に隠れ、二年が経ちました。

ここで静は、風の便りで義経様が平泉で暮らしているとの噂を聞き、最愛の義経様に何としても再会すべく、文治五年（一一八九）三月、いよいよ島を離れ平泉に旅立ったのでありました。しかし、謀反人として鎌倉殿に追われた義経様を慕う身であることから、人目に付く東海道を避け、尼姿に身を隠した旅の行く手には、筆舌に尽くせない、過酷な運命が待ち受けておりました。

一．静御前、旅立つ

文治五年（一一八九）三月中旬　小豆島

静御前　「母様、鎌倉より京に戻り、その後母様の故郷の小磯に身を隠し、雨の日も風の日も、毎日野山や海辺を歩いて足腰を鍛えてまいりましたが、監視の目が厳しくなり、一年後に密かに母様の親戚がおられるこの小豆島に逃れて来ました。お陰で今では体も丈夫になりました。また風の便りで義経様が平泉にいらっしゃると聞きました。私は何としても義経様にお会いしとうございます。よって、本日平泉に向けて旅立ちます」

磯禅師　「ほんに静は良くやりました。元気になりましたね。でもやはり、義経様を慕って平泉まで行くのですね」

静御前　「はい、どうしても参らなければなりません。義経様の御子をあのような形で亡くしてしまったことのお詫びをし、お名を付けて戴き、我が子の菩提を弔ってあげたいのです」

磯禅師　「健気な心構え、母も応援します。しかし、奥州までの道のりは長く大変ですよ。どの道を行くのですか？」

静御前　「人目を忍ぶことから、尼僧姿で、名も旺心尼（おうしんに）とし、初めは京の興福寺から善光寺に法華経を届ける旅と致します。東海道は詮議が厳しく通れませぬ故、義経様は吉野山から北陸道を通って行かれたと思いますが、それでは遠回りなので、一日でも早くお会いできるよう、私

磯禅師　は東山道（とうさんどう）を通って参ります。何のご恩返しもしないで行く親不孝者をどうぞお許しください」

静御前　「何の、母のことは心配しないで、自分の健康と安全を第一にしてください。母は、お前が幸せになることが一番の親孝行だと思っていますよ。道中くれぐれも無理をしないで、体を愛（いと）しんでおくれ。必ずや義経様と再会できることを、母は毎日祈っておりますです」

磯禅師　「ありがとうございます。昨夜は義経様と郷御前様の夢を見ました。二人ともご無事のようです」

小　六　「旅立つに当たっては、以前話した小六という者と、身の回りの世話をする侍女の彩香を付けましょう。きっと役に立ちますよ。小六と彩香、二人とも静を宜しくお願いしますよ」

彩　香　「畏まりました。命に替えても静様をお守り致します」

静御前　「はい、私も静様のお望みを果たすべく、懸命に尽くします」

小　六　「ありがとう、きつい旅になると思いますが、行く場所は決まっています」

「心得ました。某（それがし）は、元は北面の武士で、故あって武士を捨て修験者になり、その後磯禅尼様にお仕えしたのです。命に替えてもお守りいたし申す」

彩　香　「はい、静様が必ず義経様にお会いできるよう、懸命に尽くします」

磯禅師　「静、各地の大きい神社には、白拍子と何らかの繋ぎがあるので、困った時は神社に助けを求めるのですよ。きっと応援してくれますよ」

静御前　「はい、分かりました。ありがとうございます。母様もお達者で、では小六殿、彩香、参りましょう」

両　名　「では行って参ります」

二・旅芸人との出会い

同年四月初旬　東山道 滋賀 鏡神社

静御前　「ここは、滋賀の蒲生郡竜王の里で、近くに鏡神社という神社があるはずです。以前、遮那王と名乗っていた義経様が、鎌倉の兄上、頼朝様に味方すべく鞍馬から鎌倉に向かう際ここに立ち寄り、自ら元服して源義経と名乗った神社だと義経様より聞いております。ここで義経様の無事と、必ず再会できることをお祈りして参りましょう。小六殿、その神社を探して来て下され」

小　六　「畏まりました。そちらの茶屋で暫くお待ちください」

・・・・・・・・・・・・・・・・・・・・・

小　六　「静様、神社を見つけました。縁起によると新羅から日本に初めて製陶技術を伝えた天日槍王子を祀った神社だそうです。本殿は、三間社流造りで、こけら葺き屋根の立派な神社です」

静御前　「ありがとう。三人で早速お参りいたしましょう」

（神様どうぞ義経様がご無事で平泉におられますように。そして私めが義経様にお会いできますようにどうぞお助け下さい。心よりお祈り申し上げます）

彩　香　（神様、静様がきっと義経様と再会できるよう、道中の無事を心よりお祈り申し上げまする）

静御前　「心を込めたお参りができました。きっと義経様と再会できますわ。あら、あちらの境内で旅芸人らしき方々がおり、踊り子が舞っていますわ」

女座長　「あら、素敵な舞ですね。素晴らしい。本格の田楽ですね」

静御前　「まあ、高貴な尼御前にお褒め戴きありがとうございます。どちらの尼さんでいらっしゃいますか？」

女座長　（まあ、本当に美しい尼さんですこと。神社に熱心にお参りしていたけど、きっと何か願掛けをしていた様子だわ）

静御前　「いえいえ、只の通りがかりの尼僧です。旺心尼と呼んでください。只今舞われていたのは、確か田楽の豊年の舞で、ずいぶん由緒ある舞ですね。これからどちらに行かれるのですか？」

女座長　「まあ、よくご存知で。私どもの田楽は、四段構成で。最初に宮司の詔（みことのり）と巫女の舞があり、次の第一段が四方払い、第二段が獅子舞、第三段が蓮葉踊りと種まき、第四段が一本高足です。私たちは、各地方の長（おさ）に頼まれて、稲の成長に合わせて上野（こうずけ）から出羽の方へ行くのです。旺心尼様はどちらの方で、いずれの方に行かれるのですか？」

静御前　「私は、京の興福寺の尼で、故あって善光寺を詣でてから、やはり出羽の方に行くのです。でも女一人旅で、路も不案内で難儀しています」

女座長　「それは大変ですね。それなら、急ぐ旅でなければ、私共とご一緒しませんか？　私供は東金砂（ひがしかなさ）神社の流れをくむ田楽座です。そうだ、私共もちょうどそちらの出羽の方に行く予

静御前　定です。但し急に離れた里からお呼びがあればその時はそちらへ参りますが……」

女座長　「それは助かります。是非ご一緒させてください。こちらは世話役の小六と彩香との三人連れです。宜しくお願いします」

（よかった、厳しい関所もこの芸人たちと一緒なら疑われなくて済むはず。これもきっと鏡神社の神様のお導きですわ、有難いことです）

静御前　「いいえ、私の知り合いに連れられて観に行った程度です。道中なにかとご面倒をおかけしますが、宜しくお願い致します」

女座長　「旺心尼様は田楽に大変お詳しいですね。もしかしてそのような関係がおありの方ですか？」

静御前　「こちらこそです。このようにお美しい尼御前とご一緒できるのは嬉しゅうございます」

両　名　「ありがとうございます。二人とも礼を申し上げなさい」

「誠にありがとうございます」

同月　東山道 高山 飛驒国分寺

女座長　「高山に着きました。この度は、飛驒国分寺のご依頼により、この三重塔の前で舞台と桟敷を造り、田楽を催します」

静御前　「まー、なんと立派な三重塔でしょう」

女座長　「この三重塔は高山の建築技術を代表する建物で、天平十三年（七四一）、天皇の詔勅により建立され、その後再建されたもので、精巧な技術が評価され、都や奈良の寺院の建築の際には、高山から多くの大工が派遣されたそうです。私共は、今年の豊作祈願に招かれたのです」

静御前「そうですか。私も一緒にお祈りいたします」
（もしかして義経様もここをお通りになったかも知れません。神様どうかわたしを無事に平泉まで連れて行って下さい）

三．善光寺でやくざに出遭う

同年四月中旬　善光寺境内

女座長「善光寺に着きました。」

静御前「まあ、何て広くて立派なお寺でしょう。早速（さっそく）お参りして、無事に平泉に着きますよう、お参り致しましょう」

女座長「このお寺には、一年中全国からたくさんの人々がお参りに来ると聞いておりますが、何ででしょうか？　どんな御利益があるのでしょうか？」

静御前「このお寺の御本尊は、西国浄土のインドとかいう所でお生まれになった一光三尊阿弥陀如来様です。欽明天皇様の御代十三年（五五二）に、一体の仏像が百済の王より日本に贈られたのです。天皇様はこれを曽我氏に預け仏教を広げようとしましたが、当時排仏派の物部氏が反対し、寺に火を付けて燃やそうとしたそうです。でも、仏像は焼けずに傷一つなく残ったので、物部氏はこの仏像を難波（なにわ）の堀江に投げ捨てたのです。
　それから幾年かの後のある日、信濃の国司のお供をしてきた善光という貧しいけれど正直者の百姓が、難波の堀江にさしかかると、水底が光り輝いており、不思議に思って覗き込んだところ、その光るものが善光の背中に飛び移り、『我は物部にこの堀江に投げ込まれた仏像である。我を背負ってこのまま信濃の自宅に持ち帰り、我を祀れば、必ず良いことが起きる』と言われ、貧しい百姓家に持ち帰ったところ、その年の稲は豊作で、病に伏していた妻も元気になりました。
　それを聞き付けた周りの人々が百姓家を訪ね仏像を拝むと、皆々健康になり良いことが起きたので評判になり、近隣各所から人が訪れ、お布施を置いていくので貧しかった百姓は金持ちになり、我が家を取り壊してお寺を建てたそうです。これがこの善光寺の始まりと聞いております」

女座長　「さすれば、我等もその阿弥陀如来様を拝んだ後、この境内で田楽踊りを披露し、今年の豊作を祈願致しましょう」

静御前　（一光三尊阿弥陀如来様どうぞ義経様と再びお会いできますように、心よりお願い申し上げます）

やくざ　「やいやい、誰の許可を得てここで田楽をやるのか？」

女座長　「われらは、善光寺の住職から依頼されてここで興行しておるのです」

やくざ　「やかましい！　偉そうに誰に物を言っとるか！　つべこべ言わずに所場代（しょばだい）を払え！」

女座長　「善光寺の住職から依頼されてここで興行しておるので、ここの親分に文句を言われるものではございません。お代は善光寺より戴いており、見物の人からは貰っていません。あちらから住職様がいらっしゃいました。住職様に聞いて下さい」

やくざ「チッ、口うるさい座長だ。されど、そこの女僧は芸人には見えないな。怪しい奴だ」

小　六「このお方は、興福寺より派遣されて善光寺参りに来た方で、怪しいものではござらん。かく言う某(それがし)は、同じく興福寺より依頼されて、このお方に付き従う小六と申す者。元は北面の武士でござる」

彩　香「同じく、侍女で彩香と申します」

女座長「このお方は、私どもと同じく、善光寺参りに来る途中、行先が同じで一緒になったお方で、都の興福寺から来られた偉い尼さんです。乱暴を働くなら、国司様に訴え出ますよ」

やくざ「ふん、おめえさんがそんなに言うなら、今日のところは見逃してやる。野郎ども行くぞ！」

静御前「ありがとうございました。お陰で助かりました」

女座長「いえいえ、小六殿と彩香さんの毅然とした対応で、奴らが引き下がったのですよ。長い旅をしているとよくあることです。ところで、私たちも出羽まで行くつもりだったのですが、急に越後の長岡の国司より所望されて、これより長岡を廻って参らねばなりません。少し遠回りになりますが、如何(いかが)されますか？」

静御前「そうですか。先を急ぐ身ですので、残念ですが我らはこのまま上野(こうずけ)を目指して参ります。今まで大変お世話になり、ありがとうございました」

女座長「そうですか。先ほど善光寺で熱心にお参りをされていましたが、何か強い願掛けをされているご様子。それが何かは知れませんが、ここにもう一つ私個人の通行手形がありますので

静御前　差し上げます。どうぞ道中ご無事で、大願成就を祈っております」

女座長　「まあ、大変助かります。身分は明かせませんが、ご親切が身に沁みます。これも善光寺様の御利益と信じ、心より感謝申し上げます。それでは失礼いたしまする」

静御前　「はい、ではお達者で……」

四. 形見の手鏡を失う

同年五月初旬　下野二荒山神社

小　六　「お方様、ここは下野の宇都宮にある二荒山神社で、別名下野の一の宮と呼ばれている神社です。武徳にも優れ、戦勝祈願の神様として崇敬されているそうです。平将門の乱の時に藤原秀郷公が、またそれ以前には源頼義・義家公が戦勝祈願をされた所です」

静御前　「そうですか。源氏に縁のある神社なのですね。されば、今、藤原秀衡公の所へ身を寄せておられる義経様の無事と再会を祈願して参ろうと思います。参拝の前に神社の前にある鏡池と申す池の水で、手や髪を整え清めましょう」

彩　香　「まあ水が澄んできれいですこと。でも深そうですので気を付けてください」

静御前　「アレー！　大変！　懐に入れていた手鏡が池に落ちて沈んでしまった！　義経様から戴いた形見の手鏡なのです。どうしましょう……見えなくなってしまったわ……」

彩　香　「まあどうしましょう……私が潜ってみましょうか?」

小　六　「いやいや、神社の池ならば入ることはできませんぞ。ウームどこにも舟や長竿もない……困り申したな……」

静御前　「今、通りかかった宮司様にお伺いしたら、神前の池には誰も入れないとのこと……これ以上は探しようがありませぬ。手鏡を神前に供えたものとしてお参り致しましょう」

（なんと迂闊なことをしてしまったのかしら。なにか不吉な予感が……いやいやそんなことはありません。義経様どうぞお許しください）

＝第十三章　静御前、最後の舞＝

磯禅師

善光寺で旅芸人達と別れた尼僧姿の静御前は、従者の小六と彩香を連れて、義経様のおられる平泉を目指したのですが、監視の厳しい栗橋や白河の関所を避けて甲子（かし）街道に入り、山沿いに北上しました。ところが、途中で山賊に襲われ、必死で逃げたのですが、蘆屋（現郡山）の山中で追いつかれ、小六は、『お方様、ここは私が防ぎますから、麓の村まで逃げてください。彩香、お方様を頼む』と言い残し、一命を賭して山賊達と戦い、討ち死にしてしまいました。

静御前と彩香は暗い山道を走り、何とか麓の村に辿り着きましたが、静はとある池のほとりで倒れ込んで気を失ってしまいました。幸い翌朝未明に通りかかった村人に助けられ、村の花輪長者屋敷で世話になりましたが、どっと疲れが出て暫く寝込んでしまいました。ところが或る日、彩香が村人から『義経様が平泉で討たれ、その首を鎌倉に運んでおり、近くの宿に泊まった』との知らせを聞き、絶望した静御前は長者に身分を明かし、『義経様の供養の為、神社で白拍子の舞を舞いたい』と頼んだのでありました。

一．静御前、山賊に襲われる

文治五年（一一八九）五月十八日　蘆屋山中（現・郡山付近）

小　六　「お方様、漸く前橋にたどり着きました。栗橋の関から白河の関を抜ければもう藤原領ですが、ここは一層監視の目が厳しいと存じます。従って甲子街道に入り、山沿いに北上する迂回道を通って参りたいと存じます」

静御前　「分かりました。私はまだ大丈夫です。彩香は重い荷物を持っての山道ですが、大丈夫ですか？」

彩　香　「はい、ありがとうございます。日頃鍛錬し、鍛えてありますのでまだまだ大丈夫です。それより小六殿はもう歳ですから、お気をつけあそばせ」

小　六　「うるさい、おなごのお前に心配されるほどのやわではないわ」

静御前　「ホホホホ、小豆島の浜を毎日歩いたお陰ですね。では参りましょう」

彩　香　「やっと峠の頂上に来ました。この辺は樹木が多く、鬱蒼としていますね。もう夕方です。暗くならないうちに麓の村へ着くと良いですね」

小　六　「ヤヤ！　誰かおります！　山賊かもしれません。彩香お方様を連れて先に走れ！」

彩　香　「承知しました。小六殿頼みます！　お方様、足元に気を付けながら、私について走って下ってください」

山賊1　「おう、綺麗なねいちゃんと、美形の尼さんがいるだぞ！」
山賊2　「これはええだぞ。捕まえれば高く売れるだぞ」
山賊3　「それよか、おらは尼さんのやわ肌が欲しいだ。こら老いぼれ、そこをどけろ！」
小　六　「無礼者め！　ここは死んでも通さん！　エイ！」
山賊2　「ウオッ！　こいつめ！　邪魔だ。殺してしめい！」
山賊3　「尼さん、恐がらなくてええよ。おらがかわいがってやるで」
彩　香　「汚い山賊め、御前様の袖を離せ!!　エイッ！」
山賊3　「ヤヤッ、この女、邪魔だ!!　こ奴から先に殺してやる！」
彩　香　「お方様、その坂を走り下ってください！」
静御前　「彩香、一緒に逃げて！」
彩　香　「エイッ、火薬煙幕だ！」
山賊3　「ワッ!!　煙が目に入り見えない……逃げたぞ、クソッ!!」
山賊1　「こんなろう！　死ね、死ね！」
小　六　「うぬ、ここは絶対に通さんぞ！　エイヤッ！」
山賊2　「ワーッ、危ねい、腕を少し斬られた！」
山賊4　「老いぼれと思ったが思いの外強い奴だ。後ろから弓矢で射てしまえ。ウムッ」
小　六　「ワーッ！　矢が背中に刺さった。後ろからとは卑怯だぞ！」
山賊1　「卑怯もくそもあるか。全員でたたき斬れ！」
小　六　「ギャーッ！　残念……お方様、ご無事で……」

山賊１　「意外と手間取ってしまった。チェッ、こいつのせいで取り逃がしただか。どっちの坂を下ったか分からねえ。もう明るくなってきた。みな引き揚げっど」

同日　麓の池端の竹林

彩　香　（昨夜は真っ暗の山道を、星明りを頼りに下り、やっとここまでたどり着いたが、お方様が気絶してしまい、この竹林に逃げ込むのが精一杯でした。オー、夜が明けてきました。ここは何処でしょう。おやあちらに池がある様子。湖面の水面がキラキラ光っています。山賊はいない様子……水を汲んできてお方様に飲ませましょう……）

「お方様、お方様。しっかりしてください。大丈夫ですか？……」

郷御前　「ウーム……あれ、彩香……ここは何処ですか？」

彩　香　「分かりませぬが、麓に近い池の端の竹林の中です。昨夜ようやくここまで逃れ、お方様がお倒れになったのでこの竹林の中で夜を過ごしました」

郷御前　「小六は何処ですか？　小六は無事ですか？……あ、痛い！　足が痛くて歩けません」

彩　香　「まあ足首が腫れていますわ……小六殿のことは分かりませぬ。無事だと良いのですが……おや、あちらにお百姓さんと思われる人が登って来ます。お方様はこの窪地に隠れていてください。私が出て、ここが何処か聞いてきます……。もし、お早うございます。尼僧様が倒れて難渋しております。お助けください」

茂　助　「ウワーたまげた。どうしただね？」

彩　香　「私はご主人の尼僧様付の下女で彩香と申します。私達は平泉に行く途中で、昨夜この山中で山賊に襲われ、従者の小六は、私たちを逃がすために留まり、山賊と戦ったのです。私は尼僧様と夜の山道を夢中で下ってここまで走って逃げて来たのですが、尼僧様が疲れて気を失ってしまい、この竹林の中に隠れていたのです。小六がどうなったか、今は分かりませぬ……」

茂　助　「そら難儀だがね。だども、ここは今泉の花輪（現・郡山市大槻町）という所で、平泉はこの山の反対側だがね。おらは茂助と言い、この竹林にタケノコを採りに来ただがね」

彩　香　「エーッ、反対側ですか！　どうしましょう……それよりどうぞお助け下さい。尼僧様は足をくじいて動けませぬ」

茂　助　「どこに居なさるだね……どれどれ、おー足首がこんなに腫れては歩けないべ」

郷御前　「あ痛い……どうぞお助け下さい」

茂　助　「おらが家は狭くて駄目だども、村の花輪長者様なら助けてくれるだべ。んならば、おらが背負子（しょいこ）に担いで長者様の所まで行くがね」

彩　香　「茂助さん頼みます。尼様しっかりしてください。ここは花輪村と申し、平泉は山の向こうだそうです。私たちは反対側の道を下って来たようです」

郷御前　「エーッまさか、そんな……どうしましょう」

・・・・・・・・・・・・・・・・・・・・

茂　助　「長者様、おらタケノコを採りに行ったら、竹林の中でこの尼様が倒れておって、歩けない

　　　ので背負ってきましただ」

長者　「茂助か、何を訳の分からないことを言うてるだ。おや尼様でねえか、どうなすっただね？」

彩香　「私は尼僧様付の下女で彩香と申します。このお方は京の興福寺の尼僧様で、私達は善光寺をお詣りして、故あって平泉に行く途中で、昨夜この山中で山賊に襲われたのです。従者の小六は、私たちを逃がすために留まり、山賊と戦ったのですが、私は尼僧様と夜の山道を夢中で下って逃げて来たのですが、尼僧様が疲れて倒れて気を失ってしまい、竹林の中に隠れていたのです。小六がどうなったか、今は分かりませぬ」

長者　「それは難儀しなすったな。小六殿の行方は村人で探しますだ。尼様はあちらの離れの部屋に寝かせ、村の医者に診てもろうたら良いがね」

彩香　「ありがとうございます。このご恩は一生忘れませぬ」

二、衝撃の報せと絶望

同月二十日　花輪長者屋敷

長者　「尼さん、なじ（いかが）だね。足の腫れは引いたかね？」

静御前　「お陰様ですっかり良くなりました。誠にありがとうございます」

長者　「小六どんのことだども、あの後村人で山中を探したら、峠の藪の中で斬られて死んだ骸（むくろ）が見つかったがね。背中を矢で射られ、斬り死になすった様子。そばの杉の根元に葬ったそうだがね。近くに壊れた笈が一つあったども、金目のものはなく、巫女の白装束が一つ投げ出されていたとか……。後で供の女子に渡すがね」

静御前　（死体は斬りきざまれ、酷かった様子、尼様には言わんでおこう）

「そうですか、小六殿は死んでいましたか……手厚く葬っていただきありがとうございます」

（我らがこうして生きながらえているのも、小六殿のお陰です。小六殿どうか成仏してください……）

長　者　「そうそう小六殿を探している時、峠の反対側から来た旅人から聞いた話で、本当かどうか知らねども、平泉に居た判官義経様が泰衡様に討たれて、その首が鎌倉に運ばれているとか……」

静御前　「エーッ、本当ですか?! ウソでしょう！ 彩香！ 彩香！ 貴女は聞いていますか?!」

彩　香　「いえ、知りません！ 長者様、それは本当ですか?」

静御前　「ワーッ！ 義経様が亡くなられた!? ウソです！ 嘘に違いありません！ ワーッ！」

長　者　「どうしただね、そんなに取り乱して……」

彩　香　「長者様、実はこの方は義経様の想いのお方で、静御前様であられます。平泉におられる義経様を慕って再びお会いしたいと、こうして一人旅をして漸くここまでこられたのです。その旅人は何処にいますか？ 私がすぐに訪ねて、本当かどうか聞いて参ります」

長　者　「それは大変だがね。おーい悟助、この彩香殿を連れて、昨日の旅人を探して、会わせてやってくれ。まだ遠くには行っていめい」

同月二十二日　花輪長者屋敷

彩　香　「御方様、只今戻りました……」

静御前　（アー……、どうしましょう。お方様に何と伝えましょう……）

彩　香　「義経様は、義経様は無事でしたか」

静御前　（アー……神様、仏様、旅人の噂が嘘でありますように……あれから毎日お祈りをしてきたのですから……）

彩　香　「……私は、ようやくかの旅人を探し出し、何処でその噂を聞いたか問うたところ、蘆屋の宿場で首を運ぶ行列を見たとのことで、私も急いでそこに行って来ましたが、残念ながら……はい、首桶を担いだ一団が泊まったという宿を確認して来ました……。義経様は去る四月三十日の未明、高館に居るところを泰衡殿の軍勢に襲われ……義経様は持仏堂にこもられ、家族ともども自害されたそうです……」

静御前　「エーッ、彩香、嘘でしょ!!　それは嘘だと言って!!　エーッ、義経様が死んだなんて嘘に決まっています!!　信じられません!!　ワーッ!!……」

彩　香　（アー……噂は本当だった……もう駄目だわ……私はもう生きる希望を失った……義経様！　義経様!!　私も義経様のもとに参ります……ワーッ!!）

静御前　「お方様、大丈夫ですか……お方様」

（アー……お方様のお顔が真っ青になって……）

「……長者殿、お聞きの通りです。お願いがございます。今月三十日は義経様の月命日に当たります。小六殿が死んでも守った巫女の衣装を着けて、神社の前で白拍子の舞を披露し、義経様の御霊を慰め供養致したく……静、一生のお願いでございます。お聞きとどげ下さいませ」

（私は、ここで義経様の御姿を偲び、私の最後の舞を奉納した後死にまする。最早この世に何の未練もありません。愛しい義経様の所へ参ります）

三．静の舞と美女池

同月二十八日　花輪村神社

村女1　「今日夕方、村人全員この神社の前さ集まるよう庄屋様がらお達すが来て、皆ごうすて集まったんだげんと、何があるのがすら？」

村女2　「おや、神社の庭さ立派な舞台建っており、その前の庭にござが敷いである。皆そごさ座んべ」

老　女　「庄屋様の話でだば、静御前ていう都の舞姫が踊り披露するどのことじゃ」

村男1　「庄屋様の話でだば、あの平家滅ぼすた源義経様のお妾さまだどが言っておった」

村女3　「何でほだえ偉え人がごごで踊るのがね？」

長　者　「皆良ぐ集まってけだ。これがらあの平家倒すた源義経様のお側室、静御前様が、白拍子の舞を披露すて下さる。よぐ見で一生の宝にすてもらいでぇ」

村女1　「スー、口上さ始まるがね。何ど綺麗なおなごだべ」

彩　香　「私は、静御前様の侍女で彩香と申します。これから白拍子の舞をご披露するお方は、あの平家を滅ぼした義経様の御側室静御前様でございます。義経様は故あって鎌倉殿に追われることになり、平泉の藤原秀衡様を頼って落ち延びて来られました。それを知った静御前様は、今一度義経様にお会いし、行動を共にしようと決心され、鎌倉の捕り手の眼を逃れながら、私と小六と申す従者だけを連れて京都から甲子街道に入り、山沿いに北上してこの近くの山の峰まで来たのです。

　ところが山頂に着いた時に盗賊に襲われ、静御前様と私は暗い山道を駆け下り、漸く麓の竹林に逃げ込み助かったのですが、小六殿は山賊に殺されてしまいました。聞けばここは平泉とは反対側の里で、静御前様は逃げる途中で足をくじかれ、途方に暮れているところ、幸いこちらの花輪長者殿に助けられたのでございます。ところがしばらく前に、最愛の義経様が平泉で討たれたとの知らせが入り、私が街道の宿場まで行き、義経様の御首が鎌倉に運ばれていく行列を確認して参りました。

　静御前様は只今絶望の淵にありますが、本日は義経様がお亡くなりになった月命日に当たりますので、花輪長者殿と神社の宮司殿にお願いして舞台を作ってもらい、静御前様の白拍子の舞を奉納し、義経様の霊をお慰めし、今生のお別れを致すべく、皆様にこうしてお集まり戴いた次第です。短い時間でありますが、天皇様や法皇様にもご披露した、静御前様渾身の舞をとくとご覧くださいませ。

なお、雅楽の演奏は、宿場にある大きな神社の方々にお願いいたしました。最初に宮司殿の祝詞と巫女たちの舞、次に静御前様の白拍子の舞でございます」

長　者　「皆の衆、只今侍女の彩香様話されだ通り、これは天皇様や法皇様さ御覧入れる尊い舞でござる。従ってぎぢんと正座すてご覧ぐだされ」

一　同　「へへー、へー」

村女1　「まー、白装束さ太刀佩び、水干はいだお方現れだ……」

村女2　「なんと優雅な邦楽だごど、初めで聞ぐ調べだべ……」

村女3　「素晴らすい。まるで天女様の舞のようだべ……」

静御前　「吉野山　峰の白雪踏み分けて　入りにし人の　あとぞ恋しき――」

――邦楽――

「しずやしず　しずのおだまき繰り返し　むかしを今に　なすよしもがな――」

――邦楽――

「慕いつつ来にし心の身にしあれば　けふ咲く花を形見とやみむ――」

――邦楽――

村男1　「わー、突然空曇り雨降って来だ、霧もわぎ舞台良ぐ見えねぐなったがね」

静御前　「ウウウーワッッー、義経様……よしつねさまー……」

村女1　「アレー、静様が衣装着げだまま、舞台さ突っ伏すて泣いでおられる。可哀そうだがね」

一　同　「静様が泣き伏しておられるー、しずか様、お可哀そうにーしずかさまー……」

翌朝　花輪長者（回想）

長　者（おらは、静様のたっての願いで村の神社さ能舞台作り、五月三十日さ村人総出で静様の舞観るごどにすただがね。申の刻（午後四時）になり、神主様の御祈りど巫女の舞終わり、いよいよ静様の白拍子の舞どなっただ。その姿は、今まで見だごどもね白い衣装さ水干、立烏しゃっぽに白鞘の太刀佩いだ男装の静様現れ、朗々ど詠いながら舞われただがね……

「吉野山　峰の白雪踏み分けて　入りにし人の　あとぞ恋しき」

「しずやしず　しずのおだまき繰り返し　むかしを今に　なすよしもがな」

この詩（うた）に加えて、「慕いつつ来にし心の身にしあれば　けふ咲く花を形見とやみむ」と二度詠い舞う静御前の姿はまるで天女様のようで、観ていた村人達は全員わけもわからず感動しただがね。

そすたら、一天にわがに空曇り、雨降ってぎで……舞い終わった静様舞台で突っ伏すて泣ぐ姿さ村人も全員涙すただがね……。

翌朝、静様ど彩香の姿見えねがら、いそいでたずねだら、神社の裏の池さ白装束のまま抱ぎ合って沈んでる二人ば見づげで、慌てて引ぎ揚げだども既に死んでおったがね……。

なんとけなげで可哀そうな姿で、居合わせだ村の衆は皆涙すただがね。そんで、おらが二人の冥福祈り、こごさ静様の石碑建てただがね。彩香のは少す離れだ処で、村の衆はこの池「美女池」、小六死んだ峠「小六峠」、彩香、村人さ針教えだどごろ「針生」で呼ぶようになっただがね……）

＝第十四章　義経、襲われる＝

磯禅師

文治四年（一一八八）四月十八日に蝦夷を目指して平泉の高館を出た義経様・行は、まずは岩手の宮古に着き、暫く落ち着いた生活をして平泉の様子を見ておりました。すると翌年九月の初旬に、驚くべき重大な報告が入って来ました。『文治五年四月三十日の未明杉目太郎殿が泰衡殿に討たれ、あまつさえ八月には平泉が鎌倉の頼朝が率いる軍隊に攻められ、藤原家が滅亡した』との報せが届いたのであります。

驚いた義経様は、直ちに宮古を離れ、更に奥深い黒森山の神社に隠れ、約二年が経過しました。しかし、義経様がまだ生きているとの噂があり、鎌倉の頼朝は畠山重忠に『義経捕縛』を命じ、建久二年（一一九一）四月、ついに二人は谷を隔てた山中で遭遇し、重忠は弓で義経様を射ようとしたのです。その時郷御前の取った思いもよらぬ行動で、義経様は助かったのでありました。

一．藤原家滅亡の報せ

文治五年（一一八九）九月初め　宮古

源八「我が君、忠衡様、今ほど通りかかりの旅人と話をしていたところ、大変なことを聞きました」

忠衡「如何いたした？」

源八「一つは、今年四月三十日の未明、泰衡様の軍が高館を襲い、義経様の身代わりをした杉目太郎殿が討たれ、その首が鎌倉に送られたそうです」

忠衡「何?!　兄者が杉目太郎殿を討ったと！　そんなばかな！」

（何たること、とうとう兄者は、儂が一番恐れていた愚行をやってしまったか！）

義経「何?!　その話は本当でござるか！　して、杉目太郎は、戦わずして討たれたのでありますか？」

源八「いやいや、杉目家郎党三百名あまりに、末弟の頼衡殿が加わり、大いに戦い、杉目太郎殿は高館の屋敷内の持仏堂に籠り、門前に法衣に鎧を付けた毘沙門天像を据えたことから、寄せ手はそれを弁慶殿と勘違いし、恐れて遠矢を射かけたそうです。

しかしそれも束の間で、杉目太郎殿は最後に持仏堂に火を放って自害したとのこと。泰衡殿の兵たちは弁慶殿が守っていると勘違いして攻めあぐね、なかなか持仏堂に近づけず、遠矢を射かけて弁慶殿を模した毘沙門天像がハリネズミのようになってから、漸（ようや）く騙されたと

片岡　気が付き、攻め込んだとのこと」
弁慶　「まるで〝弁慶の立ち往生〟でござるな」
源八　「戯言ではござらん。それで泰衡殿はどうされた？」
　　　「お館様は、討った杉目太郎殿の首を義経様の首と偽って、鎌倉に送ったとのことでござった」
義経　「何としたことだ。泰衡殿は、勅令に逆らえきれず、朝敵となるのを恐れてのことであろう。杉目太郎許せ。お主の忠義、たとえ儂が死んでも、後々まで語り継がれるであろう」
源八　「ところが、これからが大変でござる。殿、鎌倉の軍勢二十万が平泉に攻め込み、お館様や国衡様も討たれて敗れ、藤原家は崩壊しました」
忠衡　「何を！　偽首と判明したのか？」
源八　「さにあらず。朝廷は『最早(もはや)戦をする必要はない』と言ったのですが、鎌倉殿は朝廷の意向も聞かず、『判官義経を匿った藤原家は同罪である』として、勅令で集まった諸国の兵、二十万を動員して平泉に攻め込んだのでございます。国衡殿は白河の関付近で敗れ、お館様は平泉に火を付けて逃走しましたが、家臣の河田次郎が裏切り、お館様を討って首を持参し自分だけ助かろうとしましたが、かえって鎌倉殿より首を刎(は)ねられたとのことです」
義経　「やはり、亡き秀衡殿が遺言した通り、あくまでも敵は鎌倉であったのか。鎌倉の目的は、儂の討伐を口実に、藤原家を潰滅することにあったのだ。おのれ頼朝、この上は何としても蝦夷地に渡り、捲土重来を図らねばならない」
忠衡　（やはりあの時、亡き頼衡や亡き父上の遺言通り、義経様を大将に鎌倉と戦うべきであった。戦えば、勝てないまでもこのような惨めな敗戦はしなかったであろうに……）

郷御前　「静様は、静様の噂は御座いませんか？」

源八　「はい、全くもって……。まだ平泉に来ておられないのではないかと……」

弁慶　「おー、別働隊として周辺を見回っていた常陸坊海尊が血相を変えてやって来た。海尊如何（いかが）致した？」

海尊　「我が君、八月に頼朝の軍勢が平泉に攻め入り、平泉が潰滅しました。泰衡殿は家臣の裏切りに遭い討たれ、藤原家が滅亡いたしました。加えて頼朝は奥羽一帯に我が君義経様死亡の真偽の確認、及び藤原家要人の落ち武者狩りを命令致しました。従って、ここも危のうございます。一刻も早くお立ち退きください」

弁慶　「それはまずい。我が君、すぐに出立しましょう。各々方（おのおのがた）急いで出立の用意をされたい。なお、くれぐれも我らがここに居た証拠となる物を残さぬよう注意されよ」

一同　「心得た」

義経　「待て待て、我らはすぐに出発するが、鈴木三郎は高齢の故ここに留まって、藤原家の菩提を弔ってもらいたい。場所は、ここ宮古から十里北へ行った閉伊（へい）郡に箱石（はこいし）という山村がある。近くの金ヶ沢には金（こがね）の採掘所もある。この箱石は儂が育った鞍馬の里に似ていることから、ここに社を建ててもらいたい。儂の兜を預けるので、後に奉納してくれ」

鈴木　「畏まりました。もともとここ宮古は、我が実家のある故郷でござる。齢五十を重ね、足腰が弱って来たので、我が君の足手まといになっては困ると思っていたところでござる。この箱石の地にある神社は須佐之男命（すさのおのみこと）を祭神とし、坂上田村麻呂が創建したとも言われ、古くから神仏習合の修験の霊地でござる。されば、藤原家の菩提を弔う任、確かに承りました。この上はこのお社を再建し判官神社とし、その宮司としてお祀り致しまする」

忠衡「鈴木殿、ありがとうござる。亡きお館様をはじめ亡き兄弟の霊も喜びまする」

弁慶「されば、某（それがし）がこの地に来て以来書きためた大般若心経を奉納致そう」

鈴木「弁慶殿ありがとうござる。我が君の兜と弁慶殿の大般若心経、確かにお預かり申した。末代までも大切に保管し、宝と致しまする」

郷御前「海尊殿、海尊殿は静御前が平泉に来たとの噂は聞きませんでしたか？」

海尊「聞きました。噂によれば、静様は平泉に来る途中、道を間違えて山の反対側にある今泉の花輪村と言う所まで来て病に伏し、そこの花輪長者の屋敷で養生している時、我が君の影武者、杉目太郎殿の首が鎌倉に運ばれていることを知り、我が君がここに生きておられることも知らず、悲観して一緒に来た侍女と共に長者村の池に身を投げ、お亡くなりになったそうです」

郷御前「えー、それは本当ですか！　本当ならばなんとしたことか！　あーお可哀そうに！　我が君、我が君、静様が……あー……」

義経（しまった。平泉を出るのが早すぎたか。静が来てから出ればよかったのか……）
「うむ、驚いた。誠に残念で可哀想なことであるな。されば箱石の近くの鈴久名（すずくな）村（現・川井村）に鈴ケ森と言う所があると聞く……鈴木三郎殿にお願い致す。その森にも静を祀る祠を建て、静の霊を祀ってもらいたい。我らはこれから宮古を離れ、十三湊から蝦夷を目指す」

二．郷御前、身をもって義経を庇う

建久二年四月半ば　黒森山神社

忠衡「文治五年九月に宮古を離れ、この奥深い黒森山の神社に隠れ約二年たち申した。鎌倉では頼朝殿が征夷大将軍となられ、元号も建久と改元され、今年で建久二年となり申した。この二年間、我が君を始め、弁慶殿や皆で力を合わせて田畑を耕す傍ら、旅の無事を祈願して大般若心経を五百巻書いて参り、できればこのままここで隠れ住みたいと思っておりましたが、最近またまた我等追討の兵が近くまで来たとの事でございます」

義経「何、それは誰だ？　旗印はどんなのだ？」

忠衡「初めて見る流れで、四角の紋の中を線で交差させて四つの三角を作り、それぞれに三つの黒点がございました」

郷御前「あ、それは秩父の畠山重忠殿の旗印です。私と同郷なのでよく覚えております。何でも鎌倉殿が旗揚げした時に白無地の流しを持参したところ、源氏本家の旗印と混同されるので、鎌倉殿が自らその紋を授けたそうで、『小紋村濃（こもんむらご）』と申します」

（まあ、重忠様が追手として来ているとは……重忠様とは幼馴染につき、見つかる前に逃げなければ……）

弁慶「それはまずい。畠山重忠は源氏の猛将、見つかると危ない。我が君、先ずはここを引き払い、即刻旅立ちましょう」

義　経「うむ、残念だがそうしよう。弁慶、直ちに皆を集めて出立の準備を進めよ。今夕立つぞ！」

弁　慶「畏まって候」

・・・・・・・・・・・・・・・・・・・・・・

畠山兵1「殿、黒森山の尾根伝いに人影が見えたとの報せが入りました」

重　忠「うむ、マタギかも知れぬが、直ぐに出張る。兵を分けて探索しておる為、ここにおるのは十名程だが、半数は本陣に残してすぐに出るぞ」

畠山兵2「殿、乙部の辺りの山中に人影があります」

重　忠「何、分かった。直ぐに馬首をそちらに向けよ、急行すべし……」

（おー、この谷川の向う岸を急いで行く者達がいる。その内の一人は女子で、郷姫と思える。されば一緒にいる武士が、判官義経に違いない！　儂の弓矢で射れば充分に当たる距離だ！）

重　忠「止まれ！　そこに居る御仁は、判官九郎義経公と見た。かく言う某(それがし)は、鎌倉殿の一の家来、畠山重忠でござる。最早(もはや)逃れられませんぞ。某の矢を受けられい！」

義　経（しまった。ここは山の稜線で身を隠す場所は何処にもない）

「重忠、この儂を射れるものなら射てみよ。おめおめとやられる義経でないわ」

郷御前「お待ちください。重忠殿、義経様を射るなら私を先に射殺してからにしなされ！」

重忠　「姫、そこをどかれい！　これは男の勝負でござる。女子の出るところではござらん」
（ウーム、郷姫が両手を広げて義経の前に出て防いでいる。これでは郷姫に当たってしまう……）

郷御前　「退きません。義経様今の内にお逃げください」

重忠　（何?!　赤子の鳴き声がする。郷姫は子連れか……）

義経　「南無八幡、これは挨拶代わりだ。エイ！」

畠山兵3　「おう、矢が郷の真横の松の幹に当たった……」
（ありがたい！　わざと外してくれたか……）
「ワー、急に辺りが暗くなり、真っ黒な雲が出て豪雨となったぞ。ワー雷だ！　霧と雨で何も見えなくなったぞ」

重忠　「これはいかん、何も見えぬ。者共（ものども）、崖を下って谷川を越えて、義経を追いかけるぞ！我に続け！」

畠山兵2　「殿様、川の水かさが急に増えて来ました。渡河はあぶのうございます。一旦お引き下さい」

郷御前　「おー、神の恵みか。いやいやこれは静様が我等を助けて下さったのですね。殿様、この雨に隠れて急いで先に参りましょう」

義経　「おー、郷の言う通り、これはきっと静が助けてくれたに違いない。有難い。静、礼を申す。郷、はぐれぬよう手を繋いで先を急ごう！　片岡、我らの先を歩き、道を確認しろ。間違えるな！」

片　岡　「承知しました。とく参りましょうぞ！」

三．八戸の高館

同年五月半ば　青森 八戸

義　経　「何とか畠山が率いる討手をまくことができた。そして普代、野田、久慈という所を越えてここ八戸（はちのへ）に着いた。ここは糠部（ぬかのぶ）郡と呼ばれ、文治五年に藤原家が滅びた後、甲斐国南部郷の南部三郎光行と申す者が統治していると言われるが、広大な原野が広がり、所々に寒村があり、馬の放牧が盛んのようだ。方言がひどく分かりにくいが、人も穏やかで過ごしやすい。忠衡殿の家来の板橋長治がここに仮の館を建ててくれたので、暫くここに滞在しようと思う。聞けばこの辺りの村名は皆『戸（へ）』が付き、それが一から九まである由、実に興味深いことである」

忠　衡　「ここは昔、蝦夷のアイヌと申す民が度々侵略してきた所で、平安の御代に蝦夷からの侵略を防ぐため、東西南北の門を設けたそうです。軍馬の一大生産場所として一から九の区割りをしたのが『戸』の謂（いわ）れでございます。ここより輩出した馬が南部馬でござる。最北の海に突き出た半島の先に、恐山（おそれざん）と申す霊山もございます」

義　経　「左様か、興味深いな。しかし、今いる所は低地で地の利が悪いので、馬淵（まべち）川の北側にある高台に移住し、平泉の高館を模した館を造ることにしよう」

弁慶「それはようござる。そこは北川台地とも呼ばれ、敵から身を守る城塞としてはうってつけで、追手を防ぐこともできます。我らはこれを『高館の御所』と呼びましょうぞ」

義経「うむ、早速取り掛かろう。また、南側の低いこの地（現・小田〈こだ〉）を耕し、小さな田んぼを作って、食料を確保するため稲や粟を作らんと思う」

弁慶「土地は肥沃で良いと思いますが、問題は冬の寒さをどうしのぐかですな」

義経「うむ、あの森を北限として、その南側を田畑にすれば宜しかろう」

弁慶「軍資金は充分ありますので、村人を大勢雇って早速取り掛かりましょう」

【糠部郡に置かれた九戸と四門】

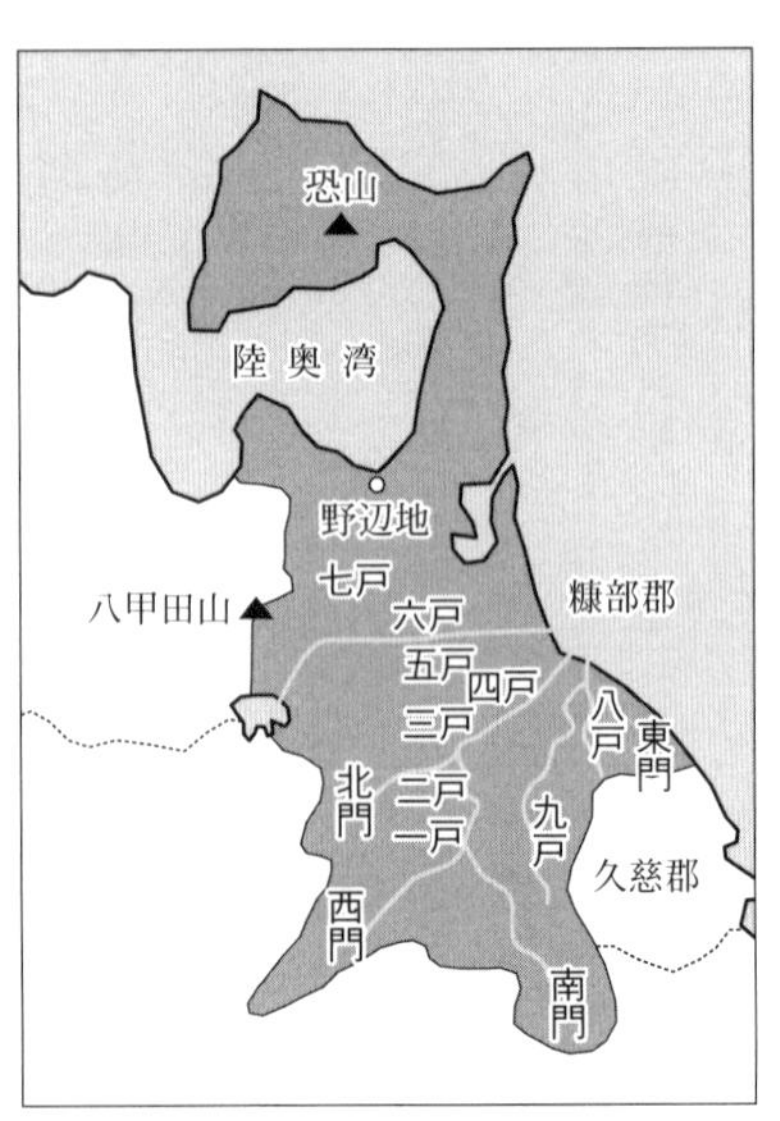

＝第十五章　郷御前、逝く＝

磯禅師

建久二年（一一九一）五月半ばに青森の八戸に逃れた義経様は、東の間の平穏な日々を送っておりました。そしてこの小田の地に、これからの無事を祈って八幡宮を建て、村を上げて盛大な祭を行ったのでありました。

しかし、建久四年（一一九三）の秋になり、鎌倉の追捕の手が伸びてきていると分かり、いよいよ蝦夷に行くべしと思い、十三湊の安東秀家殿の所へ行こうとした矢先に、郷御前が風邪をこじらせて重篤の病に伏し、十月にはとうとう亡くなってしまわれました。

一．成長した亀若丸

建久四年（一一九三）六月半ば　八戸 高館

義　経（ここ八戸の高館に移って一年が過ぎた。鎌倉からの追手の畠山重忠は諦めて国に帰った様子だ。早いもので儂も三十五歳。文治三年（一一八七）平泉で生まれた亀若丸は、数えで七歳になった。最近片岡が剣術や弓矢を教えているが、呑み込みが早いと喜んでおった。
　小田に作った田んぼの田植えも終わった。その横の畑には、この春に植えた栗がすくすく育っておる。ここへ来て暫く平穏な日が続いておる。そうだ、これからの平穏を祈って、この小田の地に神社を建てよう……）
「弁慶、ここにおったか。この地に来て幸い平穏な日々が続いておる。これもかねてから信仰している毘沙門天のお陰である。それで、この小田の地に社を建て、京より持参した毘沙門天の像を安置して差し上げたいと思うが、如何かな？」

弁　慶「それは良うございます。八戸に来てから最初の一年は仮館住まい、この高館の建築と小田地区の開墾の明け暮れ。忙しい毎日でしたが、漸く落ち着いて参りました。皆も喜びましょう。早速取り掛かります」

亀若丸「父上、今日は片岡殿に馬に乗せてもらいました」

義　経「おうそうか、それは良かった。どうだ、怖くなかったか？」
亀若丸「いいえ、栗毛の馬で大人しく、はじめは背が高くてビックリしましたが、背中に乗ると大変気持ちが良く、ポカポカ歩くと、揺れて面白うございました。馬は、可愛い。すっかり気に入りました」
義　経「それは、良かった。さればその馬をお主にくれてやる。ちゃんと世話ができるか」
亀若丸「ワー、嬉しい！……片岡殿、片岡殿、父上があの馬を儂にくれるとおっしゃったぞ」
片　岡「それは良うございましたな。若君、どんな時でも礼節が大事です。父君にお礼を申し上げましたか」
亀若丸「アッ、忘れた。父上ありがとうございます。早速母上にも報告して来ます」
義　経「うむ、よいよい。片岡、お主に亀若の養育を頼んだが、あ奴の様子はどうだ？　ちゃんとしているか？」
片　岡「はっ、亀若丸様は利発で機敏で、体も丈夫で、何でも良く覚え、吸収されます。武芸にも熱心で、太刀筋もしっかりしています。今度弓矢を教えようと思っています」
義　経「うむ、よろしく頼む。儂もこの歳の頃は、鞍馬山の寺に預けられ、天狗にいろいろ教わったものじゃ」
亀若丸「母上ッー、母上」
郷御前「あれ、亀若があんなに急いで走ってくる。これ、亀若如何致した？」
亀若丸「はい、ハーハー。今日亀若が馬に乗りましたら、馬が、いや違う、馬に乗りましたら……」

郷御前「よいよい、そんなに慌てずにゆっくり話しなされ。馬がどうした？」
亀若丸「馬に乗ったと父上に報告したら、その馬が誉められて、褒美に下されました」
郷御前「なんと、馬に乗れたのかえ。それは良かった。して、その馬がどうしたとな？……」
（なんと可愛くとも、逞しくなったものじゃ。嬉しいことよ……）
亀若丸「父上が褒美にと、その馬を亀若に下さいました」
郷御前「おーおー、それは良かったの。して、その馬をそなたはどうするつもりじゃ？」
亀若丸「はい、私の家来として、この糠部の原野を広く走り回ろうと存じます」
郷御前「馬は、人の言葉も分かり、人の心を読みます。亀若がその馬を我が友のように大切に扱えば、馬も心から慕ってくれます。家来と思ってはいけませぬ。して、その馬の名前は何と言うのですか？」
亀若丸「はい、分かりました。私が間違っていました。その友の名は、ウーン……『ほまれ』と致します」
郷御前「良い名ですね。これからは『ほまれ』と寝食を共にして、慈しみなさい」
亀若丸「はい、そうします」

二．小田の八幡神社

同年七月　小田高館

義経　「弁慶、この小田の地は、天喜年間（十一世紀半ば）に我らがご先祖の源頼義様が館を築き開拓した所で、その鎮守として小田に八幡神社を建てたのが始まりである。この地を治めた我が祖、八幡太郎義家は、頼義様の四代目に当たる。儂はこの度、この神社を修復し、儂が刻んだ毘沙門天像を奉納しようと思う」

弁慶　「それは良いことを思いつかれました。この地は土地も豊かで、安住できるところです。一緒に来た者共も、何人かは妻を娶り世帯を持った者もおります。我等もここを安住の地と致しましょうぞ」

義経　「されば早速（さっそく）取り掛かろう。神社の宮司を呼んでくれ」

弁慶　「今は寂（さび）れて宮司はいない様子でござる」

義経　「されば、庄屋を呼ぶがよい。その方が話し易い。忠衡に頼め」

・・・・・・・・・・・・・・・・・・・・・

忠衡　「我が君、庄屋の定吉殿を連れて参りました」

庄屋　「判官さま、よく八戸においでんした（おいで下さいました）。おらが庄屋の定吉だ」

義経　「庄屋殿、小田の八幡神社を修復し、儂が秘蔵の毘沙門像を奉納し、また境内に祠を建て、我らが書いた経文を納めたいので協力をお願いしたい。ここに軍資金がある」

庄屋　「へい、承知し申した。そんじゃ村人総出で手伝うべ」

忠衡　「庄屋殿、我らは鎌倉より追われる身である。よってこのことはよその部落には内密にしてもらいたい」

庄屋　「へい、承知し申した。村人にもよぐへり聞がせ（言い聞かせ）、他の部落には秘密にしあんす」

忠衡　「これは当面の手当である。受け取ってもらいたい」

庄屋　「わー、こったにいっぺい（沢山）。それだば遠慮なぐいただきあんす。ありがとうがす」

同年九月半ば　小田 高館

忠衡　「我が君、小田の神社の改修と、我等の新たな建物が出来たと庄屋殿より報告がありました」

義経　「何？　この秋の収穫で忙しい中、たったの二月(ふたつき)で完成させたとな。うむ、それは凄い。弁慶全員を集めよ。吉日を選んでこれを毘沙門堂と名付け、儂の毘沙門天や経文の奉納式をやらん。当日は村人全員も呼んで、奉納式の後、秋の豊年祭をやろうぞ」

庄屋　「判官様が祭りやるどのお達しで、村人ぁ大喜びで、今日はジジババがら子供まで、村人全員集まったがね」

義経　「それは良かった。されば弁慶、先ずは一族郎党全員で神社と新しく造った毘沙門堂に参拝し、儂が刻んだ毘沙門天像と、我らが写経した経文三百巻の奉納を行い、その後に盛大な祭をやろう」

弁慶　「畏まって候。各々方(おのおのがた)、先ずは御祈禱を致そうぞ」

一　同「ノウマクサマンダバザラダン、センダマカロシャダ、ソワタヤウンタラカンマン……」
郷御前「祈願と奉納が無事に済みました。静様がおられれば、本来ならここで静様の白拍子の舞が観られたのに、残念です。最近時々静様の夢を見るのです」
義　経「郷もそうか。実は儂も時々夢に見るのじゃ。今日は静も一緒と思い、三人で楽しもうぞ」
弁　慶「神様へのお参りと奉納が済み申した。さあ村の衆、今年の豊作を感謝し、村の衆のご苦労を労って、これから豊年祭をやるぞ。あちらに大きな焚火を用意したので、火の周りに集まらっしゃい」
村人1「おー、でげえ焚火さ火付いだ。お侍さん達が笛や太鼓で囃子ばいれｪ、巫女ば先頭さ踊りだしたぞ。ワー、子供やおなご衆輪になって踊りだした。おら達も踊るがね」
村人2「あぢらでは、奥方様が先頭にだって、女子(おなご)だぢが鍋や漬物や焼ぎ肉や瓜など出してらｪ、おらこった祭り初めでだ。判官様どはすごいお方だのｼ」
村人3「んだ、判官様はこごさ（ここで）初めで田んぼ作りや栗の作り方ばおら達に教えでけだｼ、いろんな農具の作り方や使い方も教えでけだ。すごい方だナ。ありがだやありがだや」
庄　屋「判官様、こったに大ぎぐ盛大な祭は初めてだナ。村人皆驚ぎ、喜んでおりあんす。これがら毎年こごで秋祭するべど思いあんす」
義　経「そうか、それは良かった。さあみんな酒もあるぞ、今晩は無礼講だぞ」
村人達「ワー判官様ありがどがす。みんな無礼講だぞ、踊れや歌えや、ワー」
亀若丸「父上、庄屋殿の息子の弥助から、明日の早朝に海釣りに行こうと誘われましたが、行ってもよろしいでしょうか？」

義　経　「海はいかん。何が起きるか分からないし、お主にはまだ早い。山に狩りに行くのなら良いぞ」
亀若丸　「弥助、海はわがね（だめ）で、狩りならえど（良い）とさ」
弥　助　「そうが、こごがら海ぁ遠いし、川下ってえがねば（行かねば）ならぬな。それだば他の友も誘って、山さウサギ狩りにあんべ（行こう）」
亀若丸　「そうだな、そうしよう。ワー」
郷御前　「亀若も、あんなに元気で成長し、すっかり村の友と馴染んで嬉しいことです」
義　経　「うむ、儂はあの頃鞍馬に送られ、天狗殿から山の生活や武芸を教わっておった。海は突然荒れたら何が起きるか分からんから、泳ぎを知らない亀若にはまだ早い」

三、頼朝、征夷大将軍任官の報せ

同年七月　小田 高館

忠　衡　「我が君、平泉で隠密裏に様子を探っていた鷲尾三郎からの報せでは、頼朝公が昨年七月に征夷大将軍となり、鎌倉を鎌倉大政府と改め、朝廷より幕府を創ることを許され、全国に守護・地頭を置き、これに御家人を配することになり申したそうです。そして政（まつりごと）を司る政所を創り、そこで『義経様生存の可否を探索する必要がある』との主張があり、近く追捕の部

義経　隊がこちらに派遣されるとのことであります」
忠衡「何故だ？」
義経「頼朝公の側近の北条義時という者が、強く進言したそうです」
「北条義時は油断のならない男だ。この八戸の高館に来てようやく訪れた平穏な日々が、また無くなってしまうのは残念である。やはり当初の目的である蝦夷の地に渡るしかないか。
　しかし、このところ郷の体調が悪い。養生しておるが日々悪くなっており、すぐにはここを出る訳にはゆかぬ。蝦夷に渡るにも十三湊の様子を探らねばならない。十三湊は亡き秀衡殿の弟、藤原秀栄(ひでひさ)殿が安東家の養子となり治めておるが、どのような人物かは知らぬ。ただ、故秀衡殿が今際(いまわ)の時、『義経が万一の時は頼む』との紹介状を書いてもらっておる。忠衡殿、まずは誰か信頼できる者を秀栄殿のもとに遣わし、秀衡殿の遺志を伝え、蝦夷への渡航の手助けをしてもらえるか、伺って参れ」
忠衡「畏まって候。使者は某(それがし)の腹心、板橋長治が適任と存じます。早速使いを命じましょう」

四．郷御前逝く

同年十月十五日　小田 高館

義経「弁慶、今年七月に忠衡殿の家臣板橋長治を十三湊の安東秀栄殿に遣わし、故秀衡殿の手紙を渡して蝦夷渡航の協力をお願いしたところ快諾されたとのことである。
しかし、『鎌倉より探索の手が伸びてきているのでしばし待て』との事であった。秀栄殿は病で床に臥せっていたとのこと。そしてその後、今年初めに秀栄殿が身罷ったとの報せがあった。跡取りは嫡男の秀元という者らしい。
このところ郷の病が悪化し心配で今は動けない。しかし、追捕の手が伸びているとの報せもある。蝦夷渡航も急がねばならぬ。ついては片岡八郎を秀元殿に遣わし、今一度細部を打ち合わせてもらいたい」

弁慶　「承知致しました。早速片岡八郎を遣わします」

同年十月二十日　小田高館

義経　（郷は、長らく体調を崩し寝たり起きたりの生活であったが、今年の盆明けの九月から風邪をこじらせ、どっと臥せってしまい。日々悪くなっておる。最早長くはもたない状況だ。これまで苦楽を共にしてきた最愛の室なのに、何とも残念だ……）

郷御前　「殿様、殿様はどこですか……」

義経　「郷、郷、儂は側におる……手を握っておるぞ」

郷御前　「殿様、もう駄目です。長い間お世話になりました……本当に楽しく……幸せな生涯でした……先に逝くことをお許し下さい……」

義経　「郷、郷、儂こそどれくらい助けられたか。一緒にいて嬉しかったぞ。病は気からとも言う。儂がついている、気をしっかり持って頑張ってくれ」

郷御前「今朝ほど静様の夢を見ました。私の手を優しく握ってくれました」

義　経「静は黄泉の世界だ。まだ一緒に行ってはいかぬ。我らはこれから蝦夷とか申す新しい世界に行くのだぞ。気をしっかり持ってくれ」

郷御前「新しい……夢のような話ですね。できれば鶴姫も連れて一緒に行きたかった……殿様、もう目が見えませぬ……亀若、亀若……」

（アア、まだ死にたくない。一緒に蝦夷に行きたいのに……）

義　経「亀若丸、母の手を握ってやれ……」

亀若丸「母上、母上……」

郷御前「あー、かめわか、かめわか……ありがとう……後はあとは頼みましたぞ……殿と共に……」

亀若丸「あれ、母上、母上……。ワーッ……」

義　経「郷、郷……ウム、もう息をしておらぬ。できれば亀若丸の元服の姿を見せてやりたかったが、郷さらばじゃ……。弁慶、亡くなった郷の遺体を京ヶ崎の丘に葬り、庄屋の定吉に後ほど法霊神社（現・おがみ神社）を建てるようお願いしてくれ。この神社に郷の形見の鏡を奉納してもらう。我らはできるだけ早くこの地を発って、十三湊に参ろう」

弁　慶「承知致しました」

＝第十六章　亀若丸の元服＝

磯禅師

建久五年（一一九四）十月二十日過ぎに小田を発った義経様一行は、野内（のない）という地に着き、坂上田村麻呂が勧請創建したと言われる神社に詣で、蝦夷への船旅の無事を祈願されました。その後、十三湊に参り、城主・安東秀元殿に歓待されました。当時義経様の御嫡男・亀若丸様はまだ七歳でしたが、蝦夷地ではできないことから、秀元殿にお願いして亀若丸様の元服の儀が執り行われ、御名を義秀様と改められました。

翌建久六年（一一九五）四月、義経様一行は二隻の船で蝦夷地を目指して出港いたしました。途中海が荒れて大変な苦労をしましたが、なんとか蝦夷地、松前の浜にたどり着いたのであります。

蝦夷地では、幾つかのアイヌコタンに行き、アイヌの人々と寝食を共にし、農耕や船造りを教えたり、盗賊から村を救ったりしたことから、ハンガンカムイ（判官神様）と敬われました。しかし、狩猟民のアイヌの若者は戦が理解できず、鎌倉に攻め入る兵を募ったのですが、思ったようには集まらず、苦慮しておりました。

一．野内の貴船神社

建久五年（一一九四）十一月初旬　青森 野内

忠衡　「この地は野内と申し、津軽半島の東、陸奥湾の真ん中あたりになります。ここでひと休みして、亡き秀栄殿の嫡男で新しく藩主となった秀元殿からの返事を待ちましょう」

義経　「されば、ここで蝦夷への渡航安全祈願をいたそう。どこか良い所はないか？」

忠衡　「大同二年（八〇七）、坂上田村麻呂が蝦夷成敗でこの野内に来られた時、京の都、山城に鎮座する貴船神社の分霊を勧請創建された古社がございます。そこで祈願されればよろしかろうと存じます」

義経　「左様か。儂が幼少の頃、鞍馬山で修行した近くに貴船神社があった。されば早速(さっそく)そこへ行って祈願致そう」

（ここに京の都で所縁ある貴船神社があるとは、なんとした奇遇であろうか。きっと神様のお導きに違いない……。しかしこの祠は何としても古い。ここを修復して郷を祀り、これを野内の貴船神社として立派に建て替えて、我らの安全と行く末までの無事を祈願して行こう……）

・・・・・・・・・・・・・・・・・・・・・・・・

弁慶「我が君、貴船神社の新しい分社ができました。されば御一同、蝦夷への航海に安全を祈って、北の方様に祈願致しましょうぞ」

一同「ノウマクサマンダバザラダン、センダマカロシャダ、ソワタヤウンタラカンマン……むっむつむつ、かんかん、そわかそわか、おんころおんころ般若心経……」

義経「鷲尾義久、お主は確かここ野内の出であったな」

鷲尾「はい、左様ですが、なにか？」

義経「お主に頼みがある。お主は高齢でもあるのでここに残り、この社を守って立派な貴船神社とし、その宮司となって我らの安全と無事を祈ってもらいたい。

そして、ここに一緒に過ごし別れた郷の形見の髪がある。一房は一緒に蝦夷に連れて行くが、残りをここに納めて参る。この神社の宮司となり守っていてもらいたい。維持費用は、儂が置いて行く」

鷲尾「やや、このように沢山。畏まりました。さればこれよりは某が宮司となり、子孫代々お守り致しまする」

義経「うむ、よろしく頼む」

義経「亀若丸、母にお別れのお祈りをせよ。ところでお主は幾つになった？」

亀若丸「はい、数えで八歳になりました」

義経「うむ、もはや立派な大人だ。高館にて袴着（はかまぎ）をやらんと思っておったが、郷の病や鎌倉の追手から高館を去らねばならぬこと等もあり延ばしてきた。この度十三湊の藤原秀元殿の居城に着いたら、秀元殿にお願いしてお主の元服をやろうと思う」

亀若丸「元服でございますか、嬉しゅうございます。宜しくお願い致します」

二、亀若丸の元服

同年十一月中旬　青森 十三湊 安東秀元居城

忠衡「我が君、やっと安東秀元殿の居城に着き申した」

秀元「判官義経様……よぐ参らいだ（来られた）。亡ぎ父より、ぐれぐれも（くれぐれも）よぐ計らえど申す受げでおります。必ず蝦夷への渡航お助げすます」

義経「判官九郎源義経でござる。初めてお会いし申す。親切なおもてなし、誠に有り難く存ずる。旅の途中故、何もござらぬが、心より感謝申し上げる。して、鎌倉よりの追捕の様子は如何(いかが)でござろうか」

秀元「左様。亡ぎ父の生前さ一度鎌倉より使者参り、義経様のごど色々尋ねらぃだ（訊ねた）そうだが、全ぐおべね（知らぬ）ど突っぱねだどのこと。以来、直接には参らぬが、城下さ探(たん)索(さく)の者潜んでら（いる）様子でござる。よって、宿舎は城下外れにある、壇林寺どすもうすた（しました）。ご一行の人数も多えはんで（多いので）、船二艘用意致す所存でござる。それが調うまで、すばす（しばらく）この寺でお待ぢぐださぃ」

義経「何から何までお世話になり、ありがとうござる。宜しくお願い申す。細部は故秀衡殿の文の通りでござるが、蝦夷の地は全く知り申さないことから、何分よろしくお計らい願いたい」

秀元 「お任せあれ、あらゆる手立てを使っても、判官義経様ば蝦夷さ無事送ろうと存ずる。蝦夷にはアイヌの民がおりますが、アイヌ言葉は良く分がらね。某の家臣さアイヌの言葉話せる者がおりますはんで、その者ば一名お付げ申す」

義経 「誠にありがとうございます。ところで、今一つお願いがござる。実はここに控えておるのは、某の嫡男で亀若丸と申し、数えで八歳となり申した。蝦夷地では袴着の儀や元服の儀もできないと存ずるので、こちらで元服させたいと存ずる。誠に申し訳ないが、秀元殿に烏帽子親になって戴けないでござろうか」

秀元 「さようでござるか。お願いどあれば、某にとっても光栄なごどでござる。喜んでお引き受げいだすがな。拝見すれば亀若丸殿は立派な大人でござるな。早速取り掛がるべし。亀若丸殿もそれでよろすいでござるが？」

亀若丸 「身に余る光栄でございます。宜しくお願い致します」

秀元 「されば我が家の神殿の前で元服の儀を執り行うべ。諱は、某の名前の一字を取って、義秀どすなさぃ」

亀若丸 「はは、義秀でございまするか、ありがとう存じます」

義経 「うむ、良い名じゃ。これより源一郎義秀と名乗るがよい。秀元殿、誠にありがとうござる」

秀元 「何の、某こそ名誉なごどでござった。されば、追手の探索のまなぐ（目）もあるごどがら、義経様ご一行は、こいよりわんつか（ここよりわずか）北さ行った、海さ近え壇林寺さ行ぎ、暫ぐ待ってけ。ご一行全員が揃って渡航するど目立づはんで、船二艘用意す。一隻は十三湊がら、義経様は有馬の浜（現・三厩）の湊から出られるがよぇべど存ずる。時期は来春の晴れだ日さ致すべぞ」

義経「心得申した。誠にありがたく、衷心よりお礼を申し上げる」

＝第十七章　義経　蝦夷地で再起を期す＝

磯禅師

建久六年（一一九五）四月、義経様一行は漸（ようや）く二隻の船で三厩の湊から蝦夷地を目指して出港しました。しかし、途中に酷い嵐に遭遇し、もう少しで難破しそうになりましたが、何とか松前の浜に上陸できたのであります。

そして、弁慶が近くの山より運んできた岩に義経様が『義経山（ぎけいざん）』と刻み、蝦夷に到着した印としたのでした。また弁慶と一緒に山に偵察に行った義秀は、そこでアイヌの少女インクㇽと出会い、その子の案内で義経様一行は最初のアイヌ部落である、江差（えさし）コタンに行ったのでした。

義経様はそこでアイヌの民に、稗（ひえ）や粟の栽培方法や、船造りの技術等様々なことを教え、『ハンガンカムイ』と呼ばれ敬われましたが、『多数の若者を集めて兵士にする』本来の目的が果たせず、二年後には更に大きい洞爺（とうや）コタン、次に蝦夷で一番大きなピラウトゥリ（平取）コタンへと行ったのでありました。

一．初めての蝦夷地

建久六年（一一九五）四月　出航準備

秀　元　「義経様、春になり雪も融げでぎだ。近々出港できます。鎌倉の探索が厳すいごどがら（厳しいことから）、一隻の船さ分げ、ここよりわんつか（少し）離れだ三厩の港がら、夫々（それぞれ）日ずらすて未明さ発だぃで（発って）下さぃ。津軽の海は流れが激しく渡航がむんずかすいことから、庄吉という者を水先案内としてつけるがね。なお、蝦夷ヶ島はアイヌの民が多ぐ住んでらはんで、言葉通ずね。よって、我が家臣よりアイヌの言葉分がる工藤正平という者を通詞（つうじ）どすてお供してけ。持参されでら沢山の武具や軍資金等の荷物は、別の船仕立で後日お届げすます」

義　経　「それは、何から何までお世話になり感謝申し上げる。されば、弁慶。明日未明ここを出立し三厩へ移動する。三厩の湊から出る船に乗る者は、儂と忠衡、弁慶、亀井六郎、依田源八並びに通詞・正平らの六名と致す。嫡男の義秀、片岡八郎、備前平四郎ら七人は十三湊から別の船にて出港し、洋上で落ち合うこととする」

弁　慶　「畏まって候」

翌朝　出航

義経「うむ、風が凪いでおり丁度良い頃合いである。先ずは湊の突端に大きな穴が開いた岩が三つ並んでおる。ここに持参の観音像を置き、無事に渡航できるよう祈ろう。その後竜飛(たっぴ)岬という所を目指し出港致す……いざ、船を出せ」

弁慶「おう、竜飛岬の沖には十三湊から先に出たと思われる義秀様の船が待っておりますぞ、早速合流し北に向かいましょう。庄吉殿よろしく水先案内をお願い致す」

庄吉「ここからが外海で、津軽の海の難所になります。これよりおよそ七里（二十八キロ）ですが、竜飛、中の汐、白神の三つの海流があり、波荒く適度のやませ（東風）が無いと潮に流され難破しますが、やませがつえいど（強いと）海は大荒れになり転覆しあんす（します）」

義経「うむ、儂には壇ノ浦での平家の怨霊が付いているらしく、海に出ると大荒れになる。しかし儂は負けぬ。儂は一度も平家に負けたことはない。必ず渡り切ってやる」

（郷、静、二人で我を守ってくれ……）

同日　大荒れの津軽海峡

弁慶「我が君、向こうに陸が見えて来ました。あれが蝦夷に違いありません。おや、急に風が無くなり船が止まった。ワー一天にわかに掻き曇り風が強くなった……嵐だ、嵐になったぞ！波だ！　大波が押し寄せてきた。ワー舳先が波に突っ込み呑まれてしまうぞ！　皆、体を低くして舳先や綱にしがみつけーッ！」

庄吉　「忠衡様、わも（儂も）こったに激しい嵐ぁ初めでだ。恐ろしや、恐ろしや」

弁慶　「みな、櫓を握り、力一杯漕げー！　舳先を波に向けて突っ込め！　船を転覆させるな！　エイエイ、エイエイ！」

庄吉　「わー、今度ぁ波が反対からもやってぎだ。波ど波がぶづがって大ぎな波柱になって、船にぶづがってくる！　わーもうわがね（駄目だ）じゃ！……おー、義経様が体を舳先の柱さ縛り付げで海神様にお祈りしてるぞ」

義経　「南無八幡大菩薩。波を静めたまえ。ノウマクサマンダバザラダン、センダマカロシャダ、ソワタヤウンタラカンマン……むっむつむつ、かんかん、そわかそわか、おんころおんころ般若心経……郷、静、儂に力を貸せ！　南無、万（よろず）の神々よ我らを助けたまえ！」

弁慶　「ワー、櫓が折れた！　うぬ、依田源八、そこに転がっている薙刀を取ってくれ！　薙刀を櫓の代わりにして漕ぐぞ！　エイエイエイ！」

佐藤　「オー！　陸が突然目の前に来た。ワー岸壁だ！　波が岩にぶつかり砕けて白浪が砕け散っている！　危ない！　引き返せ、エイエイ」

義秀　「父上ー！　そっちの崖は駄目です！　ワー我らの船も転覆しそうだ！　みんながんばれー！」

弁慶　「オー、蝦夷の海岸はどこも切り立った崖が海に落ち込むように迫り、白波が砕け散っている。あの崖にぶつかったり、浜辺の奇岩にぶつかったりしたら、我らの船はひとたまりもない。皆力一杯漕いで、漕いで岸に近づくなー！」

義経　「南無八幡大菩薩、この嵐を防ぎたまえ、荒波を静めたまえっ！」

・・・・・・・・・・・・・・・・・・・・・・・・・

忠衡「おっ、急に風が止まった。雲があんなに速く飛び去って行く！　荒波も静まったぞー！」

義経「おー！　嵐が去ったか！　あらありがたや。海神様に儂の願いがとどいたか！　義秀、義秀の船は無事か！」

義秀「父上、父上ー！　大丈夫です。皆、なんとか無事です」

弁慶「おー！　あちらに船が着けそうな浜辺があります。皆最後のひと踏ん張りだー！　浜へ着けるぞー！　最後の力を振り絞って漕げー！」

全員「陸だ、陸だ！　浜だ、浜だぞー！　エイエイ、えいえい！」

義経「おー、やっと浜に着いた。皆、船をあの岩陰に隠してから上陸だ！　鄕と静のお陰だ、ありがたい…」

（おーおー、船が浜に着いたら全員砂浜に突っ伏して寝てしもうた。それにしてもここはどこだろう…）

忠衡「我が君、あの星の位置とあちらに見える山の形から察するに、ここは蝦夷地の松前の浜と思われます」

義経「何?!　蝦夷地に着いたと申すか！　弁慶、元気そうな者を二人ほど連れて、忠衡殿と共に辺りが安全かどうか確認して参れ。その間我らは、あの岩陰で隠れて待っておる」

弁慶「承知しました。我と共に来れる者はおるか？」

亀井「おー、儂と、通詞の正平殿が参る」

義秀　「弁慶、儂も行く」
弁慶　「若君、ありがたし。さればあの一番近い丘に登り周囲を確かめましょうぞ」

二、『義経山の碑』を建てる

同日　蝦夷地 松前の浜

片岡　「我が君、弁慶ら一行が戻ってきます。おう、弁慶は何やら一抱えもある岩を肩に担いでおります」
伊勢　「おや、若君の横にアイヌの若者がついてくる」
弁慶　「我が君、只今戻りました。ここは紛れもなく蝦夷地で、マトマイ（松前）と申す所だそうです」
義経　「それは良かった。して、その大きな石は何だ？」
弁慶　「我が君が、初めてこの地に足を踏み入れた印として、我が君に銘を刻み込んでもらい、目の前の小高い山の上に建てようと存じて持って参りました」
義経　「それは重畳（ちょうじょう）、早速取り掛かろう。儂がこの矢じりで『義経山（ぎけいざん）』との文字を刻み込む……これでどうだ？」
弁慶　「おー、『義経山』ですな。これは素晴らしい。されば皆でこの石碑を山頂に建てて、我らの蝦夷地到達の印とし、これからの成功を祈願して祈りましょうぞ。いざ参らん」

・・・・・・・・・・・・・・・・・・・・・

全　員　「おうー、山頂に着いた。なんと素晴らしい眺めだ……。ノウマクサマンダバザラダン、センダマカロシャダ、ソワタヤウンタラカンマン……むっむつむつ、かんかん、そわかそわか、おんころおんころ般若心経……」

片　岡　「おーおー！　蝦夷地とは、なんと大きく広い大地であろうか！　海と平原と、遠くに山並みが何処までも続いている。こちらの海は今まで見たこともない、濃い青色と波が激しい、冷たい海だ」

義　経　「ところで義秀、その若者はどうした？」

義　秀　「はい、途中で出会ったアイヌの若者で、少し我らの言葉も分かるので、道案内をしてもらいました」

義　経　「左様か、正平その若者の名は何と言うか？」

正　平　「マカナㇰ　エレヘアン（そなたの名前は何と言うのか）？」

ヨイハㇿ　「ヨイハㇿ　セコㇿ　クレヘアンワ（私の名前はヨイハロと言います）」

正　平　「ヨイハロと申すそうです。父親がシサㇺ（日本人）だったので、日本の言葉が少し分かるそうです」

正　平　「ヨイハㇿ、こちらにおわすは、判官源義経様といわれる立派な大将と、一緒に来たのは、

義　秀　若君の義秀様である」
ヨイハロ　「ヨイハㇿ、歳は幾つだ？」
正　平　「アシㇰネプ　イカン　マワンペ（十五）」
義　経　「十五歳だと言っています」
ヨイハロ　「どちらから来たのかな？　近くに家があるのか？」
義　経　「私は、エサシコタン（江差）からここの海を見に来た」
ヨイハロ　「左様か、さればヨイハㇿ、我等をお主の村に案内してくれ。そこの長に挨拶したい」
正　平　「エー コタン オレネチトゥラ　ワ パイェアㇱ」
義　経　「村に案内すると言っています」
「それは重畳、さればついて参ろう」

…………………………

義　秀　「ヨイハㇿは弓矢を持っているが、いつもそれを持っているのか？」
ヨイハロ　「山に入る時はいつもタシロ（山刀）、マキリ（小刀）とクアイ（弓矢）を持っている。山にはホロケウ（狼）、キムンカムイ（ヒグマ）が居るので、危険だ」
正　平　「キムンカムイとは、羆（ひぐま）という大きな熊です」
義　秀　「キムンカムイ？　それは大きいのか？」
ヨイハロ　「大きい、ウシ（牛）も殺して食べてしまう。人も襲われ食べられる」

義　秀　「それは凄い。もし襲われたらどうする？」
ヨイハロ　「この矢じりにはトリカブトの根やアカエイの毒を混ぜて塗ってある。強力な毒なので、これで射ればキムンカムイも殺せる。但しキムンカムイの頭は堅いので、弓の矢は刺さらない。首とか、腹を狙う」
義　秀　「我らの弓矢では駄目か？」
ヨイハロ　「だめだ。毒が塗っていない。キムンカムイに出会ったら逃げてはだめだ。逃げたら追ってきて殺される。正面に立ったまま動かず、相手が去るのを待つか、そのまま後ずさりするしかない。この木を見ろ、キムンカムイが木に付けた爪痕だ。自分の縄張りに付けるのだ」
片　岡　「おーおー！　凄い。弁慶より背が高いぞ」
弁　慶　「そんな熊が出たら投げ飛ばしてくれるわ」
ヨイハロ　「ここにキムンカムイのオソマ（糞）がある」
義　秀　「キムンカムイのウンコか。そんなに棒でかき回して、何をしている？」
ヨイハロ　「このオソマは柔らかくないから近くにはいない。大丈夫だ。柔らかかったら、直ぐ近くにいるので注意しなければならない」

三．義経、江差コタンに着く

同月　蝦夷地 江差コタン

ヨイハㇿ「判官ニシパ、ここがアンコロ（私の）コタンエ（村です）」
義経「して、酋長殿は何という名前だ？」
ヨイハㇿ「シタカペ セコㇿ コタンコㇿクㇽ アンワ」
正平「シタカペと申すそうです」
義経「さればヨイハㇿ、案内してくれ」
義秀「大きな村だな。建物はみな茅葺（かやぶき）のようだ。アイヌの人々は皆珍しい模様の入った着物を着ている」
片岡「おー、女子共が、杵（きね）で何か叩いています。あちらでは山菜を籠に入れて……みな忙しそうに働いていますな。男供が少ないが……」
正平「男共は皆狩りに出ているのです。夕方になれば帰って来ます。判官様、酋長のチセ（家）に来ました。私がまずは皆様のことを紹介してきます」
義経「宜しく頼む」
（シタカペとはどんな酋長であろうか？　我らを快く迎え入れてくれれば良いが……）
シタカペ「タネポ ヨイハㇿ タク ニシパ ネクス アキヤンネレ ナー」
正平「酋長は『ヨイハㇿが連れて来た客人なのでもてなそう』と言っています」
義経「ありがたい。宜しく頼む」

シタカペ　「テイネアｧキワロクヤン。トペンペアンナエヤン」

正平　「酋長が『こちらに来て座って、甘い食べ物があるから食べなさい』と言っています」

義経　「ありがたい。遠慮なくご馳走になろう。この食べ物は何かね？」

シタカペ　「アオシシ（保存餅）ペカンペ（菱の実）、ペコトペ（牛乳）、カムイハル（熊肉）、プクサ（ギョウジャニンニク）、アンチポロラタ（塩蒸したジャガイモ）」

正平　「ひし餅、熊肉、ギョウジャにんにく、牛乳、塩蒸したジャガイモ等です」

義経　「ギョウジャにんにく？」

正平　「我らが食すニンニクのような草です。臭くて辛いけど美味しい草です」

義経　「成程、うまいものだ」

正平　「ケラアン、ケラアン。『美味い、美味い』と申しました」

シタカペ　「ピｨカ（良かった）」

義経　「我らが泊まれる家があるか訊いてくれ」

正平　「オハ チセアンヤ（家はありますか）？」

シタカペ　「アシｸネｯポロ チセアン」

正平　「五棟の大きい家があるそうです」

義経　「ありがとうござる」

正平　「イヤイライケレー（どうもありがとう）！」

…………………………………………………

義　経「皆に告げる。只今この村のシタカペ酋長殿への挨拶が終わった。シタカペ酋長殿は、快く我らを迎え入れてくれるそうだ。アイヌ語でありがとうは、こうして手を合わせ、『イヤイライケレー』と言うそうだ。皆で揃って酋長殿に御礼を申そう」

全　員「イヤイライケレー！」

シタカペ「ピㇼカ、ピㇼカ」

弁　慶「されば皆で、酋長殿への感謝とこの村の安全と発展を祈願して祈ろうではないか」

全　員「ノウマクサマンダバザラダン、センダマカロシャダ、ソワタヤウンタラカンマン……むっむつむつ、かんかん、そわかそわか、おんころおんころ般若心経……」

・・・・・・・・・・・・・・・・・・・・・

ヨイハㇿ「ここが、皆のチセ（家）だ。皆がチセに入る前に絶対に守ってもらわねばならないことがある。それはチセの入口から正面のロルンプヤㇻという窓を一番大事にすることだ。そこはカムイ（神様）が出入りする神聖な窓なので、そこからの出入りや、物を出し入れするのは決してやってはいけない。

入り口の右側にある窓はヌㇷ゚キクタプヤㇻと言って、炊事や洗濯に使った濁った水を捨てる窓だ。チセに入ったら、持っている武具をロルンプヤㇻの下に奉納して、荷物はその左右に置く。チセの中にはチタラペ（敷物）が敷いてあり、囲炉裏がある。ロルンプヤㇻ側が判官ニㇱパや家長の座る場所だ。便所は外で、メノコル（女子便所）、オッカヨル（男子便所）がある」

全　員　「承知した」

義　経　「されば荷物を整理し、明日から暫くこのコタンで暮らすことになる。皆しっかり準備せよ」

全　員　「心得て候」

四．盗賊の襲撃

同年七月初旬　江差コタン

ヨイハㇿ　「ハンガンニㇱパ！ウンカオピウキヤン　エイシㇰヌレ（助けて）！」

義　経　「ヨイハㇿ、どうした？　何事だ！　落ち着け！」

正　平　「彼は『私たちを助けて』と言っています。村で何かあったようです」

ヨイハㇿ　「コタンにウェンペ　シャモ（悪い和人）の野盗がたくさん来て、物を盗み、村人を殺している。メノコ（女の子）がさらわれる」

義　経　「なに！　それは大変だ。人数はどれくらいだ」

ヨイハㇿ　「ワンペ　エトゥホッア（三十くらい）」

義　経　「弁慶、皆を集めよ！　人数を二手に分け、弁慶をはじめ先発隊は儂と共にあり、侵入した賊をやっつけ、村人を助ける。後発の者達は片岡が指揮を執れ。義秀を連れて裏口を出て搦め手に回り、退路を断て！　徹底的にやっつけろ。行け！」

先発隊「おー！　突撃だー！　かかれ！」

片　岡「後発隊は賊の背後に回るぞ！　行くぞ！」

後発隊「おー！　やっつけろ！」

盗賊1「ワー、日本の武士達が出て来た！　強いぞ！　ギャー」

盗賊頭「おのれ、者共ひるむな！　やっつけろ！」

盗賊2「ワー、後ろからも新手が攻めて来たー。ギャー」

義　秀「女子(おなご)をさらっている賊は許すな、斬り捨てよ！」

片　岡「こ奴め！　女子を置け！」

盗賊3「なにを！　欲しければかかってこい！　ギャー」

弁　慶「コラー！　盗賊共、ここにおわすは判官源義経公なるぞ！　手向かう者は容赦せぬ。皆成敗するぞ！」

シタカペ「イㇼワㇰ　エシライケ クス！ロンヌ ヤン（兄弟姉妹を殺された復讐だ。殺してしまえ）！」

盗賊頭「ワー、義経様とは、あの平家を滅ぼした義経様か！　これはかなわん。義経様降参です。降参します。許して下され」

義　経「シタカペ酋長殿、盗賊共はこのように謝って降参すると言っているが、如何(いかが)致すか？」

シタカペ「ホウガン ニㇱパ……ホウガンカムイ……」

正　平「判官様はカムイ、神様だと言っています。それで、『判断は判官カムイのお考えに任せる』

と言っています」

義経　「そうか、それはありがたい。イヤイライケレー（どうもありがとう）」

義経　「さて、盗賊の頭、本当に降参か？　二度とこのような不届きの仕儀をしないと誓えるか？その証はあるか？」

盗賊頭　「いまお示しする証は御座いませんが、某の本名は熊井源太と申し、元北面の武士でありました。武士を捨ててこのような盗賊に成り下がりましたが、今一度武士に戻り、もし許されるものなら、判官義経様の配下に加えて戴ければ、必ずやお役に立つ働きを致しまする」

義経　「されば、怪我人を連れて帰り、後日全員頭を丸めて恭順すれば、儂の配下にしてしてやろう。軍資金も与えて遣わす。改めて出直せ」

（儂の目的は、この蝦夷地でアイヌをはじめ沢山の味方を募り、大部隊を率いて再び鎌倉に戻ることだ。従って一人でも多くの家来が欲しい。こいつらが家来になるなら受け入れよう。軍資金なら沢山ある）

熊井　「ありがとうございます。必ずや戻って参ります」

弁慶　「お主の大将は、今はいないが、もうすぐ十三湊から来る海尊と言う荒坊主武者である。よく覚えておけ」

熊井　「はは、ありがとうございます」

五．イオマンテの夕べ

同日　江差コタン 祝いの宴

シタカペ　「ハンガン カムイ イヤイライケレー！……イオマンテンナ」
ヨイハㇿ　「義経ニㇱパ　イヤイライケレー！　義経ニㇱパが助けてくれなかったら、この村は大変な事になっていた。シタカペ酋長は、義経ニㇱパをハンガンカムイ（判官神様）と呼んで感謝しており、今夕村を上げてイオマンテのような大規模な祝いの宴をやろう』と言っている。義秀ニㇱパもイヤイライケレー！　義秀ニㇱパをはじめ皆強いね！」
義　秀　「おー。儂も初めて戦に出た。ヨイハㇿは儂が守ってやる！」
ヨイハㇿ　「イヤイライケレー（ありがとうございます）！」
亀　井　「おー、酋長が頭にわらで編んだような冠を着けて出てきた。村人が、村の広場の真ん中に薪を積上げ、火を燃やし始めたぞ。イオマンテの祀りだ。沢山のご馳走が準備されている」
依　田　「おー、何本もの花矢（はなや）が空に射られた。皆、唄い踊り出したぞ」
義　秀　「ヨイハㇿ、あれは何という儀式だ？」
ヨイハㇿ　「ペウレプ・アイ・トゥカンと言って、花矢を射る儀式だよ」
義　秀　「イオマンテとは何だ？」

ヨイハㇿ　「イオマンテは満月の夜、村人全員が集まり、キムンカムイ（羆）の魂を天上の神々の国へ送り返す大事な儀式だよ。キムンカムイはイオマンテ（熊送りの儀式）で使う大事なカムイ（神様）だよ」

村人　「エンヤホー、ホイヤホイヤ、エンヤホー」

義経　「オー、村人が全員唄って踊り出した」

正平　「ウナㇻペウタㇻへペㇾセッオカリリㇺセ（女達が檻の周りを回りながら踊っている）」

ヨイハㇿ　「女達が踊っているのは、ウポポ（座り唄舞）ハラキリ（鶴の舞）等です。男などもヤイサマ（即興の唄）を唄い踊りだしたよ」

備前　「おー、ピㇼカメノコ（美人）がいる！」

依田　「本当だ、若くてきれいな女子が沢山いるな」

ヨイハㇿ　「義経ニㇱパ、この娘は儂の妹のインクㇽだ」

インクㇽ　「インクㇽ　セュクレへ　アンク（私がインクㇽだよ）」

義秀　「インクㇽ、歳は幾つだ？」

インクㇽ　「トウㇷワンペ（十歳）」

義経　「ヨイハㇿ、唇に入墨をしている女どもがいるが、何故だ？」

ヨイハㇿ　「アイヌの女子は十歳を過ぎると、手足や唇にシヌイェ（入墨）を少しずつ付ける。唇のシヌイェは結婚した時に完成させるよ。地位が高い女子ほど大きいシヌイェを付けるのだ」

義秀　「インクㇽは付けないのか？」

インクㇽ　「私のフチ（おばあちゃん）は早くつけろと言うが、私は嫌いだから付けないよ」

義　秀　「そうか……」
（インクルはキリッとして理知的な顔立ちをしている。シヌイェなど付けない方が良い）

義　経　「おー、女子どもが口に竹を咥え、何やら糸のようなものを弾いて音を出している。なんとも神秘的な音だ。インクルあれは何だ？」

インクル　「あれはムックリと言って、アイヌの楽器だ。ネマガリダケなどを材料とした、長さ五寸、幅半寸くらいの薄い板状のもので、真ん中を舌状にくり抜き、左右に糸を付けている。糸を手に片方を口の端に当て、もう片方で糸を引くと出る音を、口の中の形を変えて音を出すので、シャモ（日本）では口琴とも言うらしい」

義　経　「初めて見る不思議なものだな。しかし音色は神秘的ですこぶる良い。よし、儂も横笛を吹いて合奏しよう……」
（以前郷が奏でる琴と儂の横笛でよく合奏をしたものだ、そして静の白拍子の舞……その光景を懐かしく思い出す……）

シタカペ　「ピリカ、ピリカ」

・・・・・・・・・・・・・・・・

弁　慶　「我が君、昨夜は村を上げてのイオマンテに大変驚き、感嘆し申した。ところで、昨夜十三湊に残した海尊より報せが参り、我らの軍資金や武具を乗せた船が松前目指して出港し

義経　たそうです。某（それがし）は明日、亀井殿や依田殿を連れて松前に引き返し、受け取って参ります」
「おおそうか、その荷駄が着けば、早速シタカベ酋長の許しを得て若いアイヌ達を募り、軍事訓練を行おう。弁慶宜しく頼む」

六．海尊との再会

翌日　軍資金等荷駄が松前に着く

弁慶　「おー、船が着いた！　海尊よくやった！」
海尊　「弁慶殿、只今着き申した。十三湊の秀元様に大変良くして戴き、我らが集めた軍資金に加え、更に沢山の金銀や武具、食料等々を用意して下さり、このように荷車十台もの物資を持ってまいりました」
弁慶　「ありがたい。軍資金がこれだけあれば、千人もの兵士を養えよう。して内地の様子はどうだ？」
海尊　「されば、鎌倉幕府は全国に守護・地頭を配し、益々勢力を蓄え、最早（もはや）朝廷も鎌倉幕府の言うがままになってしまっております。特に幕府は、こちらで採れる砂金に強い関心を示しており、十三湊の安東家も油断できない厳しい状況になってきています」
弁慶　「左様か。それにしてもご苦労でござった。されば一緒に御大将の所に参ろう。また軍資金はコタンには倉庫が無いので、その半分を途中の山中に埋めて隠して参ろう」

海尊　「されば、この湊からオタ オル ナイ（現・小樽）の湊に行き、そこからソウキホシ滝のある川（現・新川）を遡って船で行けば良いと思いますぞ」

弁慶　「心得た。途中の山中に良い場所を探して埋めるとしよう」

同日　再会

海尊　「我が君、お懐かしゅうございます。海尊只今戻りました」

義経　「おお海尊、無事で何よりだ。多くの荷駄を運んできたとのこと、ありがたい、礼を申す。して秀元殿はお達者か？　鎌倉の様子はどうだ？」

海尊　「はい、秀元様はお元気で、我が君が蝦夷に到達し元気でおられることを喜んでおられます。この度の荷駄も秀元様がいろいろ力を入れて下さり、このように沢山持参することができました。なお、軍資金の一部はコタンでの保管が大変と弁慶殿より聞き、二人で途中の山中のある場所に埋めて隠して参りました。我が君が内地にお戻りになる時、何時でも掘り出せます」

義経　「うむ良い判断だ、礼を申す」

海尊　「弁慶殿にも話しましたが、鎌倉幕府は全国に守護・地頭を配し、益々勢力を蓄え、最早(もはや)朝廷も鎌倉幕府の言うがままになってしまっております。特に幕府は、こちらで採れる砂金に強い関心を示しており、十三湊の安東家も油断できない厳しい状況になってきています。某(それがし)は御曹司に挨拶の後、再び十三湊に戻りますが、慎重に行動しなければなりませぬ」

義経「左様か。されば、我々もここでいつまでもいる訳にはゆかぬな。江差のコタンは小さく、兵も集まりそうにない、さればもっと奥のコタンに移動することも考えなければならぬな」

＝第十八章　洞爺コタン＝

磯禅師

江差コタンでは、義経様一行から農耕や造船の技術を教わった村人たちが、義経様を『ハンガンカムイ』と敬ったのです。義経様はここに約二年の間留まったのですが、アイヌの人達は狩猟の民で、戦には馴染まず、兵士を募っても五十人程しか集まりませんでした。

一方十三湊に潜んでいる海尊からは、『安東家が鎌倉に攻められて酷い打撃を蒙（こうむ）っており、このままでは危ない。いずれ蝦夷の江差にも影響が出る』との報告があり、鎌倉の追捕の手を逃れるため、インクㇽの案内で、山を越えて洞爺コタン、更にその先のピラウトル（平取）コタンに行くこととし、出発したのであります。

しかし行く手には、更に予想もつかない様々な出来事が起きたのでした。

一．義経、洞爺コタンに行く

建久八年（一一九七）五月　江差コタンを発つ

義経　「シタカペ酋長、ここへ来て二年たち申した。お陰で我等に同調するアイヌの兵士も五十人を数えました。しかしこれでは全く足りないので、蝦夷各地のコタンを廻り、兵士を集めたいと思います」

シタカペ　「ハンガンカムイ　エホッパ　ルウェ……イヤイライケレー　ニサッタ　フナクン　エオマンヤ？」

正平　「酋長は『判官様には稗や粟の栽培や船の作り方などを教えてもらい、大変ありがとうございました。明日は何処へ行かれるのか？』と言っています」

義経　「インクルから聞いた、洞爺にあるコタンに行こうと思う。正平、そのよう伝えてくれ」

正平　「ニサッタ　トヤ　コタヌン　コマン」

義経　「シタカペ酋長、儂はこれから洞爺のコタンだけでなく色々なコタンに行き、味方となるアイヌの兵士を募るつもりだ。成功したらここにまた戻って参る。それまで志願した兵士達の世話を宜しくお頼み申す。その為の軍資金と、兵士を纏める指導者を二人程残して行く。正平、そのよう伝えてくれ」

正平　「ニサッタ　トヤウン　カルパ……」

シタカペ　「ニサッタ ルウェ　アプンノ オカヤン スイウヌカランロー！」
正　平　「酋長は『明日出ていくのか、さようなら。また会いましょう』と言っています」
義　秀　「シタカペ　コロクル イヤイライケレー！　アプンノ オカヤン スイウヌカランロー！」
シタカペ　「ピリカ　ピリカ」

・・・・・・・・・・・・・・・・・・・・・・・

義　経　「皆集まったか。弁慶が話した通り、我らはこれより更に内地にある洞爺コタンに行こうと思う。そこまではインクルが道案内をしてくれる」
インクル　「さればこれからは私が皆さんを案内するよ。最初にこれより海岸線に沿って北へ行ってから、途中で右に曲がって山道に入る。道は荒れ地なので逸れないように付いてきて」
全　員　「おー、お願い申す」

・・・・・・・・・・・・・・・・・・・・・・・

インクル　「半日歩いて、シュプキペツ（寿都）を過ぎ、イワウナイ（岩内）に来たよ。このまま行けばシャクコタン（積丹）がある岬に出るが、私らはここから山道を通って奥地にあるトヤ（洞爺）に向かうよ」
義　秀　「ここの海岸は、崖が海にせり出し、誠に複雑で勇壮な景色だな。一丈（三メートル）もある断崖の下は真っ青な海で、海底まで見えるほどきれいだ。沖合には様々な形をした奇岩があり、岸壁に波がぶつかり白く光っている。海は透き通っており、海の底まで見えるようだ」

インクㇽ「ここは『チャレンカの小道』とも言い、海風が気持ち良いよ。これから山道を伝い奥地にあるトヤ（洞爺）に向かうよ。トヤには大きな湖があり、そこにアイヌコタンがあるよ。コタンまでは約三里、道なき道を進むことになる。途中色々な動物に出会うけど、ユㇰ（はぐれ牡鹿）、ホㇿケウ（狼）、キムンカムイ（ヒグマ）は危険だ。特にヘペㇾ（子熊）がいると、近くにハポ エペㇾ（母熊）が必ずいて、ヘペㇾを守ろうとして襲ってくるから注意しないと駄目だよ」

備前「オオカミやクマごとき、我等には弁慶がついている。天下無敵じゃ。武者震いがするぞ」

片岡「ハハハ、儂は蛇が怖い。嫌いじゃ」

義秀「父上、この海岸線は絶景ですが、右手の山裾は草木が全く生えてなく黄色で不気味です」

弁慶「全くですな。日も高いことから昼時と存じます。この辺で腰掛け、海を見ながら暫し休みましょうぞ」

義経「されば皆で持ってきた食べ物を食すことにしようぞ」

義秀「儂はヒエ飯を食らうが、インクㇽお主は何を食すのか？」

インクㇽ「私は兎の干し肉を持っているので、それを食べるよ」

二、ヒグマに遭遇

同日　洞爺コタンへの道中

亀　井　「おう、あの山は、まるで大和の富士山のような山であるな」
インクㇽ　「あれは、マッカリヌプリ（現・羊蹄山）と言い、向こうのピンネシㇼ（男山）に対し、マチネシㇼ（女山）とも呼んでいる。我らはその麓のシリペッ（尻別川）に沿ってトヤ（洞爺）コタンに行くよ」
弁　慶　「腹ごしらえもできたので皆元気だ。よし、出発だ！」
インクㇽ　「山道に入ってきた……ヨシヒデニㇱパ　アㇱテ（止まれ）！　動くな！　そのままソッと後ずさりしろ！　木の上にヘペㇾ（小熊）がいる。近くにハポ　エペㇾ（母熊）がいるぞ！」
義　秀　「ウッツ。姿は見えないが、どこかでゴフゴフという声がする……」
母熊　「グオーゴー！」
弁　慶　「おー、でかい熊が出た！　若君が危ない！　この薙刀（なぎなた）で退治してくれん！」
義　経　「弁慶、熊をけん制しろ！　儂が弓矢で射殺してやる！」
インクㇽ　「頭はダメだ！　義経ニㇱパの矢には毒が塗っていないから、待って。ヨシヒデニㇱパ、そのままじっとしていろ！　弁慶、正面に来たら熊が立ち上がるぞ！」
母熊　「グオーゴー！　ガー！」

弁　慶　「オーッ！　儂より大きいぞ！　さあ、来い！」
インクㇽ　「今だ！　エイッ！　これでもくらえ！」
義　秀　（おー、熊の喉に父上の矢とインクㇽの毒矢が刺さった！）
インクㇽ　「ヨシヒデニㇱパ、そのまま後ろに下がれ！」
母熊　「ギエ！　グオーゴー！　ガー！」
義　秀　「ウワッー！」
弁　慶　「ワー！　熊が若に覆いかぶさった！　若が危ない！　おのれ儂が体当たりするぞ！　こくそ！　えいっ！」
母熊　「ガー！……グーッ……」
インクㇽ　「待て！　毒が効いてきた！　もう大丈夫だ」
義　経　「熊の下敷きになっている義秀は大丈夫か！」
義　秀　「父上大丈夫です。弁慶、熊をどけてくれ。重くて動けない」
（ウーン重たい。インクㇽの毒矢のお陰で助かった！　オー、弁慶が熊を持ち上げてくれた）
義　経　「怪我はないか？」
義　秀　「はい、何ともありませぬ。おやインクㇽが矢を抜いて、矢が刺さった周りの肉をえぐり取っている」
インクㇽ　「こうやって直ぐに、毒矢が刺さったところの肉をえぐり取らないと、毒が全身に回って食べられなくなるのだよ。さあ、皮を剝いで肉の塊を皆で分けて運ぶよ。内臓から取り出した肝丹（きもに）は干すと、万病の薬になるよ」

義　秀　「おう、小熊が寄って来たので捕まえたぞ」

インクㇽ　「それは良かった。そのヘペㇾ（小熊）はトヤコタンへの良いヤンゲ（土産）になる。ポロユク コㇿクㇽ（ポロユク酋長）が喜ぶよ」

三、洞爺コタンに着く

同年七月　ポロユク酋長との出会い

義　経　「おー、大きな湖だ、これが洞爺湖か。湖の中に大きな島がある。インクㇽ、あれは何という島だ？」

インクㇽ　「私らは、トノㇱケモㇱㇼ（洞爺中島）と呼んでいるよ」

義　経　「誰か住んでいるのか？」

インクㇽ　「チェㇷ゚（魚）を獲るためのチセがあるだけ。誰も住んでいない」

義　経　「それは良かった。されば、当面我らはあの島を砦として住まうことにしよう。万一鎌倉に攻め込まれても、周りが湖水に守られておる」

インクㇽ　「トヤ（洞爺）のコタンに着いた。イランクㇽㇷ゚テ ポロユㇰ コㇿクㇽ へー（こんにちは、ポロユク酋長、お久しぶりです）！」

ポロユㇰ　「インクㇽ　ヘー！　アフㇷ゚ワ　シニ　ヤン（インクㇽよく来た。入って休め）！」

インクㇽ　「イヤイライケレーポロユㇰ コㇿクㇽ（ありがとう、ポロユㇰ）！コㇿクㇽ　エサウシワ　ケㇰ（江差から来た）タンニㇱパ　ホウガンヨシツネ（この旦那は　判官義経様だ）」

ポロユㇰ　「トノヘ（和人の役人）？　ヨシツネハンガン？　アㇻキ　クニ　ソモ　クラム　ロㇰウタㇻ　ヘㇺ　トマニワノ　アㇻキ　シリ」

正　平　「酋長は『思いがけない人たちが最近は来る』と言っています」

インクㇽ　「タンペ　ペウレニㇱパ（この若者が）ヘペㇾ　チコイキ（小熊を獲った）」

ポロユㇰ　「カムイモシㇼ！　ピㇼカ　イランマカ！（素晴らしい）。判官ニㇱパ　タネポ　インクㇽタㇰ　ニㇱパ　ネクスアキヤンネレナー」

正　平　「酋長は『判官様は、初めてインクㇽが連れて来た客だから、私たちでもてなそう』と言っています」

ポロユㇰ　「アフㇷ゚　アン（どうぞお入りください）テイネアㇻキワロㇰヤン」

正　平　「酋長は『ここへ来て座りなさい』と言っています」

義　経　「ポロユㇰ　コㇿクㇽ　イヤイライケレー（ポロユㇰ酋長、ありがとう」

四．洞爺コタンでの生活

同月　洞爺湖中島のチセ

義経　（ポロユク コロクルの許可を得たので暫くこの洞爺の中島で暮らすことにしよう。まずは我らのチセとか言う家を建て、軍船（いくさぶね）を建造して、万が一にも来るかも知れぬ鎌倉よりの追手に備えねばならぬ。アイヌの男共を集めて、何艘かの船を建造すべし）

義経　「義秀、片岡八郎と家造りの指揮を執れ。片岡八郎、作業の合間にアイヌの若者たちの希望者を募って、軍事訓練をせよ」

片岡　「畏まって候」

義経　「鷲尾三郎、伊勢三郎、備前平四郎の三名は十三湊から平泉に戻り、海尊の指揮の下（もと）、鎌倉の様子を探り報告せよ。海尊の居場所は弁慶に聞け」

三名　「承知しました」

義経　「弁慶と藤原忠衡、亀井六郎（義経四天王の一人。弓の名手）、依田源八（搦め手大将）は、儂と共に蝦夷の奥にある砂金を探し採取する。軍資金の調達だ」

弁慶　「畏まって候。忠衡殿、案内を宜しく頼み申す」

忠衡　「承知しました。亡父秀衡は、この地より砂金を集めておりましたので、通詞の正平を連れて、先ずは砂金のある場所を探ります」

義経　「その他の者は、義秀と片岡八郎と共に、アイヌの女供を集めて、洞爺湖畔に畑を開墾し、農作業を教えるべし。インクル、女共の世話を宜しく頼む」

インクル　「エサシコタンでやったと同じことをやるのだね。トヤコタンの女共も喜びます」

同月　洞爺コタンでの魚捕り

義　秀　「インクル、今日は湖に魚を捕りに行こう」

インクル　「それは良い。トヤの湖は魚が沢山捕れる。特に大きなマスが捕れる」

義　秀　「あっ、湖の岸辺に大きな鳥がじっと動かないで立っているが、あれは何という鳥か?」

インクル　「あれはペッチャエワク（アオサギ）と言う。冬になるとカパッチリカムイ（オオワシ）やオンネウ（オジロワシ）の他に、レタッチリ（白鳥）やサロルンカムイ（ツル）もやってくるよ」

義　秀　「白鳥は知っているが、サロルンカムイとはどんな鳥だ?」

インクル　「首と脚が細長くて、白い体に尾羽が黒く、頭のてっぺんが赤い鳥だよ」

義　秀　「あー、分かった鶴だ。一度見たことがある。鶴汁にして食べると美味いそうだ」

インクル　「ここに丸木舟がある。これに乗って湖畔で魚を捕るよ」

義　秀　「網はないのか?」

インクル　「網などいらない。こうして岸辺で泳いでいる魚をヤスで刺すのだ。アー、ヨシヒデ、そんなに身を乗り出すと危ない!　舟が転んでしまうよ!」

義　秀　「ワーッ!　ビックリした。インクルが抑えてくれなかったら、もう少しで水に落ちるところだった。丸木舟は揺れるな」

インクル　「身を乗り出したらダメだよ。こうして座ったまま舳先をつかみ、出すのは肩まで。湖面を覗き込んで、泳いでいる魚をこうしてヤスで刺して捕るのだ。エイ！」

義　秀「オー、大きな魚が捕れた。これは何という魚だ？　よし、俺も捕るぞ！」

インクㇽ「これはマスという魚だよ」

義　秀「ハハハ、面白いほど良く捕れる。インクㇽ、アイヌには網はないのか？」

インクㇽ「葦の茎で作った筒型のスサム（小型の魚捕り筒）やラウォマプ（サケを採る筒）は知っています。でも網はない。タモならあるよ」

義　秀「今度、投網の作り方を教えてあげよう。これを投げれば、魚が一度に沢山捕れる」

インクㇽ「ピㇼカ、湖の周りを回れば、もっと捕れるよ」

義　秀「よし、皆の分も捕ってやる」

インクㇽ「チェプポロンノクコイキアワ（魚をたくさん 捕ったよ）トゥンアネワ ペライアンワ、ソンノシンキアンワ（今日は魚捕りで疲れてしまった）」

義　秀「本当だ。ソンノシンキアンワ（くたびれたね）」

インクㇽ「タネシㇼクンネクス（もう暗くなった）クホシピワ オヌマンイペ ケ クスネ（帰って食事にしよう）」

義　秀「そうだね。もう暗くなったので帰ろう」

インクㇽ「ピㇼカ。ニサッタ　キナカラ アンクス パイェアンロ（明日は、山菜を採りに行こう）」

義　秀「ピㇼカ、ピㇼカ」

五．洞爺コタンを離れる

建久十年（一一九九）三月　ポロユㇰ酋長との別れ

義経（十三湊へ内地の情報を得るため派遣した伊勢三郎達の報告によれば、驚いたこと
に兄頼朝が今年一月に亡くなったとのこと。後任の将軍は嫡男の頼家が継いだが、
まだ幼いことから北条時政等の重臣十三人による合議制が執られているとか。頼家
がそのように幼いなら、本来なら儂が征夷大将軍となるはずであったのに、なんと
も無念である。
　逆にこのところ、儂への探索が厳しくなったのは、儂の存在を恐れている証でも
あるな。しかしアイヌの者どもは戦を知らない狩猟民族で、儂が兵を募っても二十
～三十人ほどしか集まらない。江差と合わせてもわずか八十人程度。これでは如何(いかん)
ともし難い……。
　さればもっと大きな集落に行き、更に兵士を募るしかないか……。それにしても
アイヌは和人と全く違い、小さい部族が独立して散在しており、横の連携がほとん
どなく、方言が強く言葉も通じにくくてやりづらい部族だ……）

義経「弁慶、兄頼朝が死んだと聞く。鎌倉は北条義時が牛耳っている様子。ここも何か雲行き
が怪しくなってきた。暮らすには良いが、兵もなかなか集まらないことから、別の大きな

集落へ移動するかどうか考えている……。

インクㇽの話では、マチネシㇼ（現・羊蹄山）とか申す山の向うに、ピラウトゥル（現・平取）とか申す、蝦夷でも一番大きなアイヌ集落があるらしい。そこへ行こうと思っておるが、弁慶はどう思うか？」

弁慶「御意。この洞爺のアイヌは全くの狩猟民族で、戦の仕方を理解できないようです。一緒に来た者達もやっと落ち着き、アイヌの娘と家族を持った者もおりますが、これ以上長居すると情が移り、移動すらできなくなります。今が潮時です」

義経「よし、決めた。近々そちらの方に移動しよう。皆に伝えてくれ」

弁慶「畏まりました。早速その旨、皆に伝え用意させます」

義経「宜しく頼む」

……………………

ポロユㇰ「ハンガンカムイ ニサッタ オマナン エアㇻパ（明日旅立つのか）？」

義経「ポロユㇰ コㇿクㇽ イヤイライケレー！（ポロユㇰ酋長、ありがとうござった）。ニサッタ ピラトリコタヌン カㇻパ（はい、明日、平取コタンに行きます）」

ポロユㇰ「ヤイェヤㇺ アニー（体を大事にしなさい）　スイウヌカランロー（また会いましょう）」

義経「スイウヌカランロー（また会いましょう）」

＝第十九章　義経、ピラウトゥリへ行く＝

磯禅師

義経様は「洞爺コタンは小さく村人も少ないことから兵が集まらない。もっと大きなコタンに移る必要がある」と考え、蝦夷の山を越えた奥の方にピラウトゥリコタン（現・平取(びらとり)）と言う大きな村があるとインカルから聞き、そちらに行くことにしました。

しかし、未開の蝦夷の大地は人馬が通れるような大きな道がなく、獣道を徒歩で移動するため、厳しい旅でありました。途中で狼の群れに襲われそうになったピラウトゥリの猟師達を助けたことから、彼らに案内されて、無事にピラウトゥリのコタンに到着し、ペンリュク酋長から歓待されました。

そこで平泉の高館に似た場所を見つけ、義経主従はその地に砦を築き、コタンの村人に農耕を教え、洪水で流された丸木橋に替えて、牛車も通れる橋を架けたり、造船技術を教える等々、様々な作業方法を教えたことから、義経はここでもハンガンカムイ（判官神様）と呼ばれ、大いに敬われたのです。

一・ホㇿケウカムイ（蝦夷狼）との戦い

正治元年（一一九九）四月　洞爺からの山道

亀井「おう、遠くに見えるあの山は、まるで大和の富士山とそっくりな形をした山であるな」
義経「懐かしい！　インクㇽ、あの山は何と言う？」
インクㇽ「あれはマチネシㇼ（女山・現、羊蹄山）だよ。その奥にある男山のピンネシㇼ（現・尻別岳）と対になっている」
弁慶「本当に懐かしい！　それにしても蝦夷地は本当に広大であるな。見渡す限りどこまでも森と高原が広がっておる」
義秀「父上、あちらに大きな鹿の群れが走っています」
インクㇽ「あれはユㇰ サイ（蝦夷鹿の群れ）だ。アイヌはユㇰを狩りの大事な獲物だよ。ユㇰの肉は美味しいいし、その皮は敷物や防寒衣になる」
義秀「おー、ユㇰの群れを追って、黒い犬の群れが走って来た」
インクㇽ「あれはホㇿケウ サイ（狼の群れ）だ。大変だ、アシㇰネン アイヌマタンキアン（五人のアイヌの狩人がいる）」
義経「よし、我らはあの岩の上から、弓矢で狼を射て助けるぞ！」
インクㇽ「キラ！ キラ！ ホㇿケウ サイ！ キラー！（逃げろ！　オオカミの群れだ！　逃げろ！）」

義経　「うーぬー、狼は足が速くて狙いが定まらないが……エイッ!」
弁慶　「おー! お見事! 我が君の矢が先頭の狼を射たぞ! 狼の群れが逃げて行く!」

・・・・・・・・・・・・・・・・・・・・・

マタギ1　「ニㇱパ エアンクス ケライクシㇰヌ ルウェ ネイヤイライケレ!」
インクㇽ　「マタギが『旦那さんお陰で命が助かりました。ありがとう』と言っています」
義経　「皆無事でよかった。ところで皆は何処のコタンの者だ?」
インクㇽ　「エコㇿ コタヌフ フナッタアン?」
マタギ2　「ピラウトゥル コタン ネ」
インクㇽ　「マタギは『ピラウトル (現・平取)』から来たと言っています」
義経　「丁度良かった。我等をそこに案内してくれ」
インクㇽ　「ピㇼカ ピラウトゥル コタン パㇰノ エントウラヤン」
マタギ1　「ヘタㇰ パイイェ アンロ」
インクㇽ　「マタギは『じゃあ、行こう』と言っているよ」

同日　ピラウトゥル(平取)コタン

マタギ1　「ハンガンニㇱパ タンペ コタンコㇿクㇽ ペンリュク」
インクㇽ　「判官様、こちらがこの村のペンリュク酋長です」

ペンリュク　「ニㇱパ エアンクスケライクシㇰヌ ルウェネ イヤイライケレヌマンピㇼカプエンコレルウェネクス、タサタンペ エコレアシナ」

インクㇽ　「酋長は『助けてくれてありがとう。私たちを訪ねてくれてありがとう。歓迎するよ』と言っています」

義　経　「ペンリュク コロクㇽ イヤイライケレ（ペンリュク酋長ありがとう）！」

ペンリュク　「レラ ユㇷ゚ケ シリネクス、チセ オッタ アフパン」

インクㇽ　「酋長は『風が強くなってきたから、家の中に入れ』と言っています」

ペンリュク　「エチオカイ ネイワ エチアㇻキ ルウェ アン？」

インクㇽ　「また、『君たちは何処から来たのか？』と聞いています」

義　経　「イヤイライケレ（ありがとう）。正平、『我らは日本の平泉から海を渡り蝦夷地に着き、初めに江差、そして洞爺で、合わせて五年程暮らし、この度この平取に来た。この地でアイヌの人達と協力して、アイヌを悪い日本人から守るために来たのだ』と伝えてくれ」

正　平　「コロクㇽ ペンリュク……」

ペンリュク　「ニㇱパ オキクルミ カムイ アイヌコアキ ヤクンカムイ カ エプンキネㇷ゚ ネナ」

正　平　「酋長は『貴方は、天上界から人間界に下った英雄神のカムイのようだ。これからハンガンカムイ（判官神様）と呼ばせてもらう。カムイを大事にしていれば、カムイも私たちを守ってくれるものだから、我らも大事にする』と言っています」

インクㇽ　「イナウ カンパ ペンリュク クロシキ カムイクコオンカミ」

正　平　「ペンリュク酋長は、木幣（神と人間の間を取り持つ供物）をいくつも抱えて、立てて神に拝礼しています」

義　経　「ペンリュク　コロクㇽ　イヤイライケレ！（ペンリュク酋長ありがとう）」

二．義経、屋敷を造る

同月　平取の高館計画

義　経　「おう、この地は小高い台地になっており、左手の断崖の下には水が綺麗な川が流れている。右手の大地の麓は広い野原で、稗や粟の畑が造れるな。弁慶、ここに我らの館を造ろう」

弁　慶　「誠に、平泉の高館が思い出されます。インクㇽこの川は何という川か？」

インクㇽ　「この川はシシリムカ（現・沙流川）と言い、その川沿いをアイヌの人たちはサル（葦原）ウン（住む）クル（人々）のコタンとも言うよ。この地のアイヌの中心地になっており、川岸には所々大きな砂州があり、メノコ（女性）が洗濯をしたり、子供たちの遊び場になっているよ」

義　秀　「魚も沢山いそうだな」

インクㇽ　「私は、一昨日釣りに行き、チカを沢山釣ったよ。他にススハム（シシャモ）、カムイチ

義　秀　「向こうの広い高原には、ヒグマや鹿の他にどんな動物がいるのか？」

インクル　「小さいのではモユク（タヌキ）、スマリ（キツネ）、イソポ（ウサギ）等がいる。スマリの毛皮でハハカ（帽子）を作るよ。大きいのは、ユク（エゾシカ）で、肉が美味しい。怖いのはキムンカムイ（ヒグマ）とかホロケウカムイ（狼）で、キムンカムイはイオマンテ（熊送りの儀式）で使う大事なカムイだよ」

義　秀　「イオマンテは洞爺コタンでも観たな」

インクル　「イオマンテは満月の夜、村人全員が集まり、熊の魂を天上の神々の国へ送り返す大事な儀式だよ。そのうちピラトリのコタンでも観れるよ」

義　経　「義秀、片岡八郎と共に、備前平四郎他七人を指揮して、洞爺コタンの時と同じく高館を造れ。先ずは女共を集めて、川岸の蘆（あし）を大量に刈り取り、チセ（家）の屋根の材料とせよ。また、仕事の合間に男供を集めて軍事訓練をしろ。

儂と弁慶、亀井六郎、依田源八は、男共に軍船の造り方や、鉄製の武器や農具の製法を教え、荒地を耕して農耕を伝える。

忠衡は通詞の正平他を連れ、シシリムカの上流で採れると言われる砂金を探してもらいたい」

（今の幕府の征夷大将軍は飾りで、いずれ北条時政が実権を握ってしまうだろう。許せない。できるだけ早く鎌倉に立ち戻り、北条一族を滅ぼさなければならない。それには五百の兵がいる）

一同　「心得ました」

義経　「また、弁慶はこの川の崖下に見つけた深い洞窟の奥に、我々が持ってきた武器や鎧を隠してもらいたい」

弁慶　「承知しました」

三．トカプチアイヌとの戦い

同年九月　トカプチ（十勝）アイヌの襲撃

ペンリュク　「ハンガンカムイタパン　ピラウトゥリ　コタン　アシㇼパ　アン　ナ　ニㇱパ　アンクス　ケライポ　シワヌ……」

正平　「酋長が『ハンガンカムイが来て、新しい年を迎えた。お陰さまで鉄の農機具等が揃い農耕を教わり、粟や稗ができて村が豊かになった。また舟造りや網作りができるようになり、魚がたくさん獲れるようになった。ハンガンカムイ本当にありがとう』と言っています」

義経　「いやいや、こちらこそ村人に温かく受け入れてもらい大変助かっている。ありがとうござる。これからは、戦える兵士を集めたい」

正平　「イヤイライケレ、ラメトッコㇿクㇽ　ウエカリレ。テワノク　イタク　ネイイキヤン」

ペンリュク　「ハンガン カムイ……エコシ（任せる）……」
正　平　「酋長は『ハンガンカムイの判断に任せるが、アイヌは戦争を好まないので難しいだろう』と言っています」
義　経　「ペンリュク酋長イヤイライケレ（ありがとう）」

・・・・・・・・・・・・・・・・・・・・・・・

インクㇽ　「コロクㇽ シャクシャイン ネプ クシタ アンタ オカアン。トカプチ（十勝）ウエンクル（悪人）アコㇿ コタン コチョラウキ ネ」
ペンリュク　「ネプ クシタ アンタ オカアン！　コタン オピッタ アン」
義　経　「インクㇽ、如何致した？」
インクㇽ　「狩りに行っていた人が急いで戻って来て、『十勝の悪いアイヌが五十人程このピラウトゥリの食料を狙って攻めてくる』と知らせてくれたのです。酋長が『急いで村人を集めろ』と言っています」
義　経　「それは大変だ、弁慶すぐに皆を集めよ。我らでそいつらをやっつけよう！」
弁　慶　「承知しました。至急手配します」

・・・・・・・・・・・・・・・・・・・・・・・

義経　「皆集まったか。よし、儂と弁慶と忠衡以下八名は、村の正面入り口に出張り、十勝のアイヌの輩を迎え撃つ。亀井六郎は弓の名手であるから、部下を連れて入り口近くの小高い岩の上から彼奴等を射ろ！　義秀は片岡八郎と共に村の搦め手の入り口を固め、奴らを村の中に入れるな。備前平四郎他五名は三人一組になって斬り込め！」

全員　「おー、承知！」

義経　「敵は、我らが待ち伏せしていることを知らない！　敵を一人たりとも村の中に入れるな！」

夫々村の男どもを纏めて指揮を執れ」

全員　「おー、来たぞ！　かかれー！」

十勝アイヌ1　「イッカ コイキル タパンナコラウケ エライケアン！」

正平　「奴は『手向かう者は殺せ！』と言っています」

義経　「フン、我らは三人一組の陣容を崩すな！　前から来た奴らからやっつけろ！　弓矢に注意！　左手に持った盾で防げ！　敵の矢には毒が塗ってある。当たると死ぬぞ！」

忠衡　「オー！　承知！　さあ、かかって来い！」

十勝アイヌ2　「ワー、ワニウ　シサㇺ　エヨコ　フアンアイク　ウンカ　オピウキ　ヤン！」

正平　「奴は『十人もの和人が待ち伏せしている！　助けてくれ！』と言っています」

ペンリュク　「イルシカネマヌ プアキチョウキアン ヒネ　アラパン キワ！」

正平　「酋長が『私は激怒したので攻めていく！』と言っています」

義経　「いかん。インクㇽ、ペンリュク酋長に戦は止めだと伝えてくれ」

インクㇽ　「コㇿクㇽ ペンリュク、ヤイコウウェペケレカ　ソモ　キタネトゥミ オカアン（心配しないで、戦は止めだとハンガンカムイが言っています）」

義秀　「父上、無事ですか？　裏の奴らはやっつけました」

義経　「そうか、偉い！　もう奴らは攻めてくるまい」。

ペンリュク　「ハンガンカムイ　イヤイライケレ（判官神様、ありがとう）」

義経　「良かった。またどこからか攻められても力を合わせて戦おう。そう伝えてくれ」

正平　「スイ ネイワカトゥミ エㇰ　アナㇰネ」

ペンリュク　「カムイアイヌコㇿ アンキ チキ ハンガン カムイカイエプンキネプ ネナ」

インクㇽ　「ペンリュク酋長は『ハンガン カムイを大事にしていれば、カムイも私たちを守ってくれる』と言っています」

義経　「ペンリュク イヤイライケレ（ペンリュク酋長、ありがとう）」

義経　「義秀よくやった。お主もこれで立派な大将だ。これからは全てお主白身の判断で行動すべし」

義秀　「父上、ありがとうございます」

インクㇽ　「ピㇼカ。今日から義秀は、アイヌラックㇽ（英雄神）だ」

義秀　「インクㇽ　イヤイライケレ（インクㇽ、ありがとう）」

＝第二十章　最後の決断＝

磯禅師

元久元年（一二〇四）、義経様一行がここピラウトゥリに来てはや四年が経ちました。ここでも農耕や造船の技術を教わったアイヌの民は、義経様をハンガンカムイと敬ったのですが、兵士はなかなか集まらず、義経様は苦慮しておりました。

一方、平泉からの情報では、頼家様が亡くなり、頼朝様の次男の実朝様が三代目の征夷大将軍となりましたが、幼いことから政子様が尼将軍となったとか、北条時政殿が執権となったなどの噂が入り、このままではご自分の存在も忘れ去られるのではないかとの焦りから、義経様は熟慮の末、やはり蝦夷の地を離れる外はないとの結論に達したのでありました。

この年、義秀様は御年十七歳となって立派な大人に成長し、蝦夷地での生活にも慣れ親しみ、インクルと共に各所のアイヌの民と交流しておりました。しかし、義秀様が大いに義憤を感じた出来事が頻発します。この頃、北蝦夷の砂金を目当てにやってきた和人が、義経様の名をかたって、悪さや盗賊までするようになったのです。父の名誉の為にも、彼奴らを成敗すべしと、義秀様は考えるようになったのでした。

一．決意と別れ

元久元年（一二〇四）二月　ピラウトゥリコタン高館書院

義　経　（ここピラウトゥリコタンに来てもう四年の歳月が過ぎようとしている。鎌倉では二代将軍となった頼家が死んで、後任の征夷大将軍に弟の実朝がなったと聞く。これでは儂が何で蝦夷地まで来て兵集めに苦労しているか分からぬ。このままでは鎌倉で儂のことを知っておる者もいなくなり、忘れられてしまう。

最早蝦夷地でアイヌの兵を集めるのは無理のようだ。やはり本土の西国・九州に渡って挙兵するしかないと判断した。そうだ、今一度九州へ行こう！）

「弁慶よ。ピラウトルに来て四年が経った。村人に農耕や造船の技術も教え、作物も良く採れ、村人に感謝されている。しかし、残念ながら鎌倉と戦える兵士が集まらない。江差や洞爺コタンの兵士を募っても百人程度で、話にならない。蝦夷地では武器も調達できない。

一方、天下の情勢は兄頼朝亡き後、征夷大将軍とは名ばかりで、鎌倉幕府は北条時政が牛耳っていろいろ画策しておる様子と聞く。時政が最も恐れているのはこの義経が鎌倉を取り戻しに帰ってくることである。従って儂への追捕の手を緩めることはない。このままでは儂は世の人から忘れ去られ、何のために蝦夷地にまで来たのか、その意義さえも失われてしまう。

されば、座して死を待つより、ここから討って出て今一度鎌倉に返り咲かねば一生悔いが残るだけだ。このままここに留まっても仕方がないのではなかろうか」

弁慶　「某もそれを案じていました。一緒に来た仲間の半分は、この平取でアイヌの女と家族を持ち、子供ができた者もいます。このままでは鎌倉に返り咲くことはできないと存じます」

義経　「しかし、海尊が得た情報では、平泉の藤原家が滅んだ後、十三湊の安東家も鎌倉に降参したとのこと。最早(もはや)我らが帰る所が無くなった」

弁慶　「左様。アイヌには、団結して国造りをしようとする風土がない。このままでは、一緒に来た者もいずれアイヌの生活に慣れ親しみ、無力化してしまうでしょう。しかし、この蝦夷は土地が広く豊かで、砂金も取れることから、いずれ和人が攻めて来て、征服されてしまうのは明らかです」

義経　「されば、やはり我らが知った地、九州に渡り再起を期するしか方法はない。軍資金は充分貯まったことから、シシリムカ（沙流川）を下って海に出て、津軽の海を回って、越後から能登を経て海岸伝いに九州に行き、そこで兵を募らん」

弁慶　「御意。されど義秀様や、ここで家族を得た者どもは如何(いかが)されまするか？」

義経　「うむ。義秀を含め、本人たちの意志によりそれぞれ決めてもらうことにする。お主はどうする？」

弁慶　「勿論(もちろん)、殿と共に参ります。好きな女子はおりますが、あれは根っからのアイヌで、九州では暮らせませぬ。それより殿は、酋長の娘オペリをどうされます？　殿を慕っている様子ですが……」

義経　「うむ。離れがたいが、大望を抱く身で戦の場に連れて行く訳にはゆかない。ここで幸せになってもらう外はない」

弁慶　「されば、某（それがし）が一人一人尋ね、夫々（それぞれ）の意志を確認して参ります」

義経　「義秀とインクㇽ、オペリには儂が話す。後は宜しく頼む」

二．惜別と門出

同年四月　ペンリュク酋長のチセ

義経　「ペンリュク　コㇿクㇽ（ペンリュク酋長）、義秀、インクㇽ、オペリと母上殿。今日集まってもらったのは、これからどうするか儂の存念を話し、決定するためである。この蝦夷地に来て八年経ったが、アイヌの兵士を募るのは無理と判断した。
　このままでは、死んでも死に切れぬ。従って我らはこれよりピラウトゥリ（平取コタン）を出て、川を下って海路で本土の九州まで行き、そこで兵を募って鎌倉に攻め上ることとした。義秀はここに残るもよし、儂と一緒に来るのもよし。義秀の考えを聞きたい」

義秀　「父上、某（それがし）は父上と共に本土に渡り戦いたいと思いますが、このところ特に北蝦夷のアイヌコタンにしばしば悪い和人が来て、砂金を盗んだり、女子を捕まえて売ったり、アイヌ部族に対する乱暴が益々酷くなってきております。

これにはアイヌ部族が一つにまとまって悪い和人と戦い懲らしめて、アイヌ部族を守る必要があります。幸い最近私と志を同じくする、シャクシャインという若者を中心としたアイヌの者達がおります。シャクシャインはまだ十二歳と若いですが、武勇にも優れ、指導力もあり、将来有望な若者です。

私はこの者達を見捨てて行く訳に参りません。従って私はここに残り、悪い和人達からアイヌを守り、このアイヌの地で力を蓄えて、ひいては蝦夷より父上のお手伝いをしたいと存じます。従って某(それがし)はここに残りたいと存じます」

インクㇽ「義秀ニㇱパはアイヌラックル(アイヌの英雄神)のように立派です。私はこれまで以上に義秀ニㇱパを応援します」

ペンリュク「ハンガンカムイ……」

正平「酋長は『ハンガンカムイである義経様は、この平取のアイヌをこよなく愛し、農耕や造船などたくさんのことを教えてくれた。村人がみな尊敬していることからも、出て行かれるのは大変残念だが、そのような大きな目的があるのならやむを得ない。今まで大変世話になった、ありがとう。なお、ヨシヒデニㇱパのことは、これからも大事にするので安心してくれ』と言っています」

ペンリュク「ヨシヒデ ニㇱパ、インクㇽ ヤイコトㇺカㇷ゚ウコロ エチキクㇱネナ」

正平「酋長は『義秀様とインクㇽはお似合いだから結婚するとよい』と言っています」

義経「それは、良いことだ。二人が良いなら結婚しなさい」

義　秀「はい、ありがとうございます。後ほど二人で話して決めます」
インクㇽ「イヤイライケレ（ありがとうございます）」
オペリ「マッテ。ワタシハ、ヨシツネニㇱパヨリ和人ノコトバヲナライ、スコシワカリマス。ワタシハ、ヨシツネニㇱパニツイテイキマス。ハポ（母）モ、ユルシテクレマシタ」
オペリ母「レンカㇷ゚　ネ　クス」
正　平「オペリの母親は『本人が希望することなので（好きなようにさせておく）』と言っています」
義　経「オペリ、気持ちは嬉しいが、これから厳しい戦もあることから連れて行くのは難しい」
オペリ「ドンナニキビシクテモダイジョウブ。ツイテイキマス。ワタシノオナカニハ、ヨシツネニシベノコドモガイマス」
義　経「えっ、それは本当か！」
オペリ「ハイ、ホントデス。ダカラツイテイキマス」
ペンリュク「ワ　カムイ　クコオンカミ。イナウ　カンパ　ワ　クロシキ　ワ　カムイ　クコオンカミ。ハンガンカムイトゥラ　ワ　オペリ」
正　平「酋長は『神様、私たちを助けてください。私は今木幣をいくつも抱えて、立てて神にお祈りします……ハンガンカムイ、オペリを連れて行ってくれ』と言っています」
義　経「分かった。大変だが一緒に行こう」
オペリ「イヤイライケレ（ありがとう）！」
義　秀「されば父上、私はアイヌの仲間を増やすべく、近い内にインクㇽと一緒に釧路のアイヌ集落に行きます。将来シャクシャインと力を合わせてアイヌ部族をまとめ上げ、父上のお役に立とうと思います」

義経　「義秀ありがとう。期待しておる」

ペンリュク　「ハンガンカムイ　アプンノ（判官神様、さようなら）　パイェ　ヤン（どうぞ行ってください）」

義経　「ペンリュク　コロクル　イヤイライケレ（ペンリュク酋長、ありがとう）。されば新しい門出に乾杯しよう！」

一同　「おーっ！　乾杯だ！」

《終わり》

＝おわりに＝

磯禅師

つたない私の語りではありましたが、長らくお付き合い戴き誠にありがとうございました。

物事には必ず表と裏があるように、歴史にも裏と表があり、それを織りなす人の歴史にも光と影があって、夫々に深い物語があるのです。

この物語は義経様の人生を通して鎌倉時代創成期の影の部分にスポットを当て、当時の歴史書である「吾妻鏡」にも描かれていない影の部分、その中で懸命に生きた、義経様と郷御前、そして私の娘の静御前、三人の純愛と悲劇の生涯を映し出し、この物語を読んで戴いた読者の方々の心の隅に少しでも留め置いて戴けたならば、この上もない喜びであります。

改めて御礼申し上げます。ありがとうございました。

あとがき

私が郷御前のことを知ったのは、平成十七年四月に発刊された篠 綾子氏の著書『義経と郷姫』を読んだのが最初でした。郷姫が義経の正妻となり、義経と共に藤原秀衡を頼って平泉まで落ち延びたことを初めて知ったのです。それまで義経といえば、一ノ谷の戦いや、壇ノ浦の戦いで平家を破った英雄であり、静御前との出会いや、安宅（あたか）の関所での「勧進帳」、そして平泉の持仏堂での自害と弁慶の立往生等々――ごく一般的な知識しかありませんでした。しかしこの著書で、私の住む川越が郷姫生誕の地で、通勤経路脇にある日吉神社が、河越氏の鎮守の杜であったことを知り、俄然興味が深まり色々調べたところ、今まで知っていたものと全く違う、『義経・郷姫・静御前の想像を絶する純愛と悲劇の生涯』が明らかになったのです。

一番驚いたことは、これらのことが『史実の教本である吾妻鏡』に全く書かれていなかったことです。そのため通説では、『義経は妻子とともに藤原泰衡の軍に襲われ、平泉高館敷地内の持仏堂で自害し、その首が鎌倉に送られた。その後藤原泰衡は源頼朝の軍に攻められ、奥州藤原氏が滅亡した』となっています。ところが、以前から義経生存説があり、徳川光圀も調査の者を派遣しており、近年では「義経成吉思汗（チンギスハン）説」までありますが、いずれも真相は不明です。しかし、色々の著書を調べたところ、義経生存説は本当だったとの確信を得ましたので、このことを一冊の本にしようと思い立ったのです。

書いている過程で分かったことは、この悲劇の根源は、源頼朝が『朝廷から独立した武家社会の鎌倉幕府を新たに構築しよう』と画策するも、その頼朝の真意を義経が全く理解しなかったこと、また頼朝が真意を全く説明しなかったことでした。次に頼朝の腹心であった梶原景時が、義経との確執で、義経の功績を曲解して頼朝に報告し、義経を貶(おとし)めたことでした。このことは都での義経の動向を自分の息子に探らせ、頼朝に報告させたことからも明らかです。

第三に北条氏を筆頭に、家の存続・繁栄を至上とする坂東武士の結束を、義経が見抜けなかったことだと思います。『吾妻鏡』は、鎌倉幕府が纏めた鎌倉幕府の業績の記録書であり、今日もそうですが『世の歴史はこうして時の権力者によって作られていくのだ』ということが再認識された次第です。世界の歴史はこうして作られていくのだと思いました。

日本の歴史でもそうです。例えば、ここに出てくるアイヌの文化は、当時の和人によって滅ぼされたのです。もっと古い歴史を顧みれば、日本では大和朝廷以前の歴史は無く、神話の世界で片付けられています。しかし、最近いろいろな方々が、縄文時代の日本にも立派な歴史があったとの調査報告をされてきており、嬉しい限りです。

因みに、義経は逃避行の際、安宅の関は通っていません。吾妻鏡で描いてある弁慶の「勧進帳」は、江戸時代に書かれた歌舞伎の台本だったのです。以上。

本間　蒼明

【源義経関連年譜】

西暦	和暦	義経関係	関連の出来事
1180年	治承4年	10/21：義経、奥州平泉より駆けつけ、富士川の戦いで勝利した兄頼朝と初対面	6月：平清盛、平安京から福原に遷都 8/17：伊豆にて兄頼朝が挙兵 9/7：木曽にて義仲挙兵 10/20：頼朝、富士川で平維盛軍を破る 11月：平清盛、福原から平安京に還都
1181年	治承5年	7/20：鶴岡若宮宝殿上棟において大工の馬を引く 11/5：平家討伐のための遠州行きが延期となる	2/4：平清盛没する
1182年	治承6年	静「神泉苑」で舞う	8月：頼朝の嫡男頼家が誕生
1183年	治承7年	11/25：義経、木曽義仲追討のため京へ向かう	7月：木曽義仲が入京し、平家西国へ逃れる（平家都落ち） 9月：後鳥羽天皇即位 11/19：木曽義仲、後白河法皇を監禁
1184年	治承8年 元暦元年	1月：義経、木曽義仲を破り入京（宇治川合戦） 2/7：一ノ谷の合戦。鵯越の逆落としにより平家に勝利する 3月：河越重頼帰省し、郷姫に義経との婚姻を告げる。この頃静御前を愛妾とする 8/6：義経、後白河法皇より左衛門少尉検非違使（判官）に任命される。	1/20：鎌倉軍が木曽義仲を破る 1/26：後白河法皇より平家追討の宣旨がくだる 9/3：郷姫、鎌倉にて頼朝と政子に挨拶

		8/17：義経の勝手な任官に頼朝激怒 9/17：義経、従五位下となる 10/1：義経、郷姫と婚姻	
1185年	元暦2年 文治元年	2/19：屋島の合戦。任務から外されていた義経に出陣命令がくだり、奇襲により勝利 3/24：壇ノ浦の合戦で平家に勝利 5/15：義経、腰越で足止めされ、鎌倉入りを許されず 6/21：義経、京に帰還 6/24：義経、伊予守に任じられる 10/18：義経に後白河法皇より「頼朝追討」の院宣が下される 10/22：義経、兵を近国に募るが応ずる者なし 11/3：義経主従、京を出て西海に出立 11/7：義経主従の船、大物浦で難破 11/7：義経主従、吉野へ向かい潜伏 11/7：義経、官職を解かれる	3/24：壇ノ浦で平家滅亡 10/17：土佐房昌俊が京の義経邸を襲撃 10/29：頼朝、義経追討のため鎌倉を出発 11/11：頼朝に後白河法皇より「義経追討」の院宣が下される 11/14：静御前、吉野山で義経一行と別れる 11/17：静御前、吉野にて捕まる 11/29：頼朝、義経捕縛を理由に全国に『守護・地頭』を設置
1186年	文治2年	6月：郷御前女児（鶴姫）出産 9/15：義経一行、藤原秀衡を頼って奥州へ出発 9/17：佐藤忠信、義経の身代わりとして京にて自害 11月：越後国上寺に到着 12月：郷御前、病む	3/1：静御前、母磯御前と共に鎌倉に入る 4/8：静御前、鶴岡八幡宮で舞を奉納 7/29：静御前、義経の子を出産するも男児であったため由比ヶ浜に棄死される 9/15：大姫、静御前を見舞う 9/16：静御前母子帰洛

西暦	和暦	義経関係	関連の出来事
1187年	文治3年	2/10：義経主従、平泉に到着 7月：郷御前、男児(亀若丸)出産 9/10：「義経追討」の院宣が奥州平泉に届く	?月：頼朝、義経平泉潜伏を知る 9月：藤原秀衡、病床に伏す 10/29：藤原秀衡死去。次男（嫡子）の泰衡が奥州領主の座を継ぐ 11月：鎌倉に秀衡の訃報が届く
1188年	文治4年	2/20：平泉に再度「義経追討」の宣旨が到着 2/25：泰衡、義経に蝦夷渡航を提案 4/13：義経、泰衡に蝦夷行きを宣言 4/17：義経、鶴姫を佐藤家の養女とする 4/18：義経主従、蝦夷へ向け平泉を出立	
1189年	文治5年	4/29：泰衡、義経の館を襲撃。杉目太郎、義経の身代わりとして自害 6月：義経、黒森山中に潜伏 9月：義経、潜伏する黒森山中で平泉の陥落と杉目太郎の自死を知る	1月：頼朝、朝廷に「義経捕縛」の宣旨を要請 3月：静御前、義経を慕い小豆島を出立 4月中旬：静御前、善光寺着 5月初旬：静御前、日光二荒山神社着 5月中旬：泰衡、義経（杉目太郎）の首を鎌倉へ搬送 5/18：静御前、山賊に襲われ花輪長者に助けられる 5月下旬：静御前、義経（杉目太郎）の首の鎌倉搬送を知る 5/28：静御前、絶望し入水自殺

			6/13：義経（杉目）の首級が腰越に届き、和田義盛、梶原景時らが首実検 8/22：鎌倉軍が平泉に侵攻し、奥州藤原氏滅亡
１１９０年	建久元年	?月：義経、陸奥黒森山中において「般若心経」写本、横山の観音堂に収める	11/19：頼朝上洛し後白河法皇と対面
１１９１年	建久２年	4月中旬：義経、畠山重忠に襲われる 9月：鈴木三郎、横山八幡宮の神主となり現地に留まる 10月：義経主従、八戸に潜伏	11/26：鶴岡八幡宮、鎌倉御所新造
１１９２年	建久３年	10月：義経主従、村人総出の八戸小田八幡宮の豊年祭りに参加	3/13：後白河法皇死去 7/12：頼朝、征夷大将軍となる 8/9：源実朝、鎌倉で誕生
１１９３年	建久４年	3月：義経、新築した八戸の館で過ごす 10月：郷御前、逝去	
１１９４年	建久５年	11月初旬：義経主従、津軽半島の東の野内に到着 11月中旬：亀若丸、十三湊の安東秀元館にて元服（源義秀）	3/22：頼朝、大仏に使用する砂金２００両を東大寺に送る 7/29：大姫が発病
１１９５年	建久６年	4月：義経主従、蝦夷の松前に渡り、アイヌ少女の案内で江差コタンに到着 7月：盗賊が江差コタンを襲撃 7月：海尊、十三湊より食料、武具、軍資金を調達して松前に上陸	2/14：頼朝、東大寺供養のため二度目の上洛 6月：頼朝、信濃国の善光寺に参詣

西暦	和暦	義経関係	関連の出来事
1196年	建久7年	?月：江差コタンでアイヌの民に農耕の方法や狩猟の道具造りを教える	
1197年	建久8年	5月：義経主従、江差コタンを発つ 7月：洞爺コタンに到着	12/15：頼家が従五位右近衛少将に叙される
1199年	建久10年 正治元年	3月：義経主従、洞爺コタンを離れる 4月：義経主従、平取コタンに到着し、コタン内に高館を造る 9月：トカプチアイヌと戦いこれを破る	1/13：頼朝死去 1/26：頼家家督を継ぎ、征夷大将軍になる 3月：北条時政ら有力御家人十三人による合議制始まる
1200年	正治2年		1/20：梶原景時、反乱に失敗し自刃
1204年	元久元年	4月：義経と弁慶、蝦夷地を離れ九州に向かう	

【参考文献】（順不同）

史料

・『吾妻鏡』（新訂増補国史大系／吉川弘文館）
・『平家物語』（日本古典文学大系／岩波書店）
・『義経記』（日本古典文学大系／岩波書店）
・『北海道の義経伝説』（１９９８年／北海道口承文芸研究会）
・『カムイ義経』（北海道平取町義経を語る会）
・『アイヌ語會話字典』（神保小虎 金澤庄三郎／１９７３年／北海道出版企画センター）
・『アイヌ語会話イラスト辞典』（知里むつみ 横山孝雄／１９８８年／蝸牛社）
・『アイヌ語ラジオ講座テキスト』（公益財団法人アイヌ民族文化財団）
・『アイヌ伝説集』（更科源蔵／１９８１年／みやま書房）

著書

・『義経と郷姫』（篠 綾子／２００５年／角川書店）
・『静御前伝説とその時代』（今泉正顕／２００２年／歴史春秋出版）
・『義経北行 上：史実と伝承をめぐって』（金野静一／２００５年／ツーワンライフ出版）
・『義経と静御前 二人のその後』（今泉正顕／２００４年／ＰＨＰ研究所）
・『寂光院残照』（永井路子／２０２２年／角川文庫）

・『源義経―後代の佳名を貽す者か』（近藤好和／2005年／ミネルヴァ書房）
・『現代語訳 義経記』（高木 卓／2000年／河出書房新社）
・『源義経蝦夷亡命追跡の記』（佐々木勝三 樋口忠次郎 大町北造／1972年／内外緑地出版部）
・『北海道の義経伝説』（斧 二三夫／1977年／みやま書房）
・『義経北行伝説の旅』（伊藤孝博／2005年／無明舎出版）
・『義経 史実と伝説をめぐる旅』（2004年／NHK出版）
・『義経伝説』（高橋富雄／1966年／中公新書）
・『義経伝説をゆく』（粟 新二／2005年／京都新聞出版センター）
・『平家物語 全6巻』（吉川英治／1990年／講談社）
・『新説 源義経の真実』（中津攸子／2022年／コールサック社）
・『人物叢書 源義経』（渡辺 保／1986年／吉川弘文館）
・『源義経 伝説に生きる英雄』（関 幸彦／1990年／清水書院）
・『源義経』（五味文彦／2004年／岩波書店）
・『北海道の伝説 義経浪漫紀行』（滝口鉄夫／2009年／太陽）
・月刊「歴史人 NO.159」（2024年／ABCアーク）
・別冊宝島「井沢元彦の『逆説の義経記』義経の謎」（2004年／宝島社）

等々

著者プロフィール

本間 蒼明（ほんま そうめい）（本名・裕弼）

1942年生まれ
学歴：学習院大学法学部卒業
職歴：凸版印刷株式会社に入社。人事部、労政部、総務部などを経て、
株式会社トッパンプロセス取締役総務部長、
トッパングループ健康保険組合専務理事などを歴任
定年後は、健康保険組合経営研究会アドバイザー
モットー：「創意工夫」一般社団法人発明学会の会員でもある
資格：第三種アマチュア無線技士
特許：福島の原発事故をきっかけに、原子力に頼らないエネルギーの発明を志し、平成５年「リニア発電装置」の特許（特許第58778号）を取得
著書：『幻殺』（電子書籍／1993年／幻冬舎）
趣味：ゴルフ、読書、家庭菜園、エレクトーンなど

義経北へ —純愛と悲劇の生涯—

2025年２月15日　初版第１刷発行

著　者　本間 蒼明
発行者　瓜谷 綱延
発行所　株式会社文芸社
〒160-0022 東京都新宿区新宿1－10－1
電話 03-5369-3060（代表）
03-5369-2299（販売）

印刷所　TOPPANクロレ株式会社

ISBN978-4-286-25794-5